카사블랑카

CASABLANCA

카사블랑카

마르크 오제 지음
이윤영 옮김

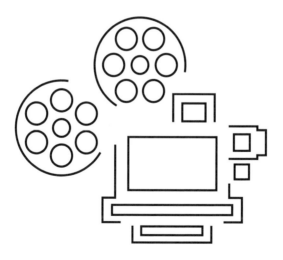

"기억하려고 애써보지만
내게는 기억할 기력도, 어쩌면 기억하고 싶은 마음마저도 없다."
—로베르 데스노(Robert Desnos),
『자기 그림자를 잃어버린 남자』

CASABLANCA by MARC AUGÉ
Collection *La Librarie du XXIe siécle*, sous la direction de Maurice Olender

이 책은 자서전이 아니라 몇몇 기억의 '몽타주'다.
아마도 나는 다른 기억으로,
다른 몽타주를 할 수도 있었을 것이다.

차례

일러두기

1. 이 책의 모든 각주는 '옮긴이 주'다. 원서에는 각주가 없다.
2. 영화 작품을 포함해서 이 책에 나오는 모든 작품 및 저작에 각주를 붙였다. 영화 작품의 경우 영화감독 이름, 영화 제목, 제작 연도, 제작 국가, 상영 시간 순으로 쓴다. 저작의 경우 작가 이름, 저작 이름, 저술 연도, (필요에 따라) 출판 도시 및 출판사 이름, 저술 성격 순으로 쓴다.

얼마 전부터 나는 가끔 다음과 같은 생각에 사로잡히곤 한다. 하루 일과를 마치고 라탱 지구의 영화관에 앉아 오래된 미국 영화를 다시 보는 것보다 아마도 더 큰 행복은 없을 거라고.

페늘롱(Fénelon) 고등학교 옆을 따라가다가 악시옹 크리스틴(Action Christine)[1] 앞에 서기 시작한 줄이 길어지지 않을까 싶어 걸음을 재촉했다. 줄이 긴 법은 없었지만 나는 영화관의 맨 마지막 열에 앉고 싶었다. 나하고는 무언의 공모 관계로 엮여 있다는 생각이 드는 매표소 여직원은, 내가 매표소 앞에 서면 대개 환영의 미소를 짓는다. 좌석안내원은 내가 팁으로

[1] 이 글에서 거론되는 '악시옹 크리스틴', '샹포', '당통' 등은 모두 파리 좌안의 '라탱 지구'(Quartier Latin)에 있는 영화관들이다. 2019년 현재를 기준으로, '악시옹 크리스틴'은 '크리스틴 21'(Christine 21)로, '당통 영화관'은 'UGC 당통'(UGC Danton)으로 이름을 바꾸었다. 이외에도 라탱 지구에는 '르플레 메디시'(Reflet Médicis), '아를르캥'(Arlequin), '아카토네'(Accattone), '에스파스 생 미셸'(Espace Saint-Michel) 등 20여 개의 영화관이 있다.

손에 동전을 건네주면 "고맙습니다"라고 말하는데, 이 비밀스러운 톤의 목소리는 친숙함 이상의 것, 어쩌면 아득한 옛날부터 내려온 것 같은 친밀함을 보여준다. 솔직히 나는 그녀를 줄곧 알고 있었다는 생각이 든다. 기껏해야 사십 대인 그녀가 아직 젊기는 해도. 에콜(Écoles) 가(街) 영화관들의 좌석 안내원들은 이와 똑같은 영원성을 지니고 있다. 매표소까지 겸해서 맡고 있는 샹포(Champo) 영화관의 안내원이 특히 그런데, 그녀는 가끔 작은 유리방에서 나와 날씨나 흘러가는 시간에 대해 단골 관객들과 수다를 떨곤 한다.

'좌석안내원들'(ouvreuses).[2] 이 이름이 붙은 친절한 동화(童話)들은 어릴 적부터 내게 출구를 열어주었고, 탈출은 지금까지도 내게 저항하기 힘든 매력을 발휘한다. 비록 우울한 날이면 내가 특히 과거로 도망친다는 느낌이 들기는 하지만.

내가 어렸을 때, 영화를 좋아하신 나의 부모님은 당통(Danton) 영화관에 나를 데려가시곤 했다. 그러면 토요일 오후에 나를 집에 혼자 내버려두지 않아도 되었으니깐. 나는 여덟 살부터 아홉 살까지 당통 영화관에 갔고, 자주 내 나이에 걸맞지 않은 영화들을 보았다. 부모님은 이런저런 좌석안내원들과 정중하게 말을 주고받으셨다. 당시 좌석안내원들은 새 회차가 시작되면 말 그대로 양쪽 출입문을 활짝 열었고 관객을 자기 자

2　이 말은 직역하면 '문을 열어주는 여자', 즉 '문지기'라는 뜻이다.

리에 앉혔다. 가끔 우리가 늦으면, 뉴스영화가 이미 상영되고 있었고, 좌석안내원은 다른 관객의 무릎이 촘촘하게 맞닿아 있는 열을 전등으로 비추면서 잇달아 놓인 빈자리 세 개를 찾아주곤 했다. "잠깐만요, 죄송합니다." 나지막이 비난하는 소리가 나올까를 걱정하면서 우리는 슬그머니 자리로 가 앉곤 했다. 나는 스크린을 잘 보기 위해서, 내 맘대로 높일 수 없는 접이식 좌석 윗부분에 그럭저럭 자리를 잡았다. 우리는 뉴스영화 상영을 기다렸고 가끔은 [무대에] 가수나 마술사가 등장하는 구경거리가 나오기도 했다. 이 가수나 마술사 들은 내게 줄곧 일종의 연민을 불러일으켰는데, 뉴스영화가 끝나고 본 영화가 상영되기 전에 당통 영화관의 무대에 선다는 것이 탁월한 직업적 성공의 징표는 아닐 거라는 생각이 들었기 때문이다.

아니, 내가 이른바 시네필(cinéphile)이었다고 말할 수는 없다. 내 기억력은 별로 좋지 않다. 나는 온갖 영화를 다 보았고 또 지겨워하지 않고 다시 볼 수도 있지만, 내가 이 영화들을 기억하는 것은 순전히 이 영화들을 반복해서 보았기 때문이다. 영화, 라탱 지구의 영화관에서 본 오래된 영화들은, 내 즐거움을 배가시키는 '기시감'(旣視感, déjà vu)이나 '기험감'(旣驗感, déjà vécu)을 불러일으킨다. 대개는 공존할 수 없는 두 개의 즐거움, 즉 기대와 추억이 이 영화들과 뒤섞여 있기 때문이다.

젊은 여자 하나가 영화관에 들어왔다. 단정하게 쪽 진 머리를 한 채 몸에 꼭 맞는 투피스를 입은 그녀는 강한 인상을 남긴다. 그녀는 선 채로 몇 초간 움직이지 않는다. 마치 영화관 여기저기에 흩어져 앉은 남성 관객들에게 자기 실루엣에 감탄할 시간을 주려는 것처럼. 그러고는 앞으로 몇 걸음을 내딛어 다른 좌석의 열을 눈으로 천천히 훑어보고 나서는, 길을 되짚어 출입구 근처에 자리를 잡는다. 그녀의 좌석 가까이에서 자기 좌석에 푹 퍼진 채 앉아 있던 젊은 남자 하나가 재빠르게 일어선다. 그리고 마치 그녀가 오기만을 기다리고 있었다는 듯이, 영화관의 불이 모두 꺼진다. 우리 모두는 <카사블랑카>[3]를 다시 보려고 한다.

---

3   마이클 커티즈(Michael Curtiz), <카사블랑카>(*Casablanca*), 1942, 미국, 102분.

내가 맨 처음 <카사블랑카>를 봤던 때가 정확히 언제인지 모르겠다. 이 영화는 1942년에 나온 영화다. 프랑스에서는 1947년에 개봉되었고, 우리는 분명 늦지 않게 이 영화를 보았을 것이다. 나는 그때 열한 살 아니면 열두 살이었을 것이다. 어쨌거나 내 부모님이 [할리우드의] 미국인들이 독일군 진입 전날의 파리를 묘사한 방식을 비꼬셨던 것은 기억난다. 아마도 부모님 생각이 완전히 틀리지는 않았을 것이다. 그런데 이때 우리는 파리에 없었다. 아버지는 군대에 동원된 후 지방으로 보내졌고 어머니는 나를 데리고 아버지를 따라다니겠다는 생각에 골몰해 있었기 때문이다. 그리고 내 부모님이 [<카사블랑카>에 나오는] 파리의 신흥 명소들, 나이트클럽, 재즈를 전혀 모르신다는 생각도 내게 들었다. 그것은 우리와는 별개의 세계였다. 내 부모님은 어쨌거나 이 영화를 좋아했지만, 그것은 무엇보다 독일인들 면전에서 [프랑스의 국가인] <라 마르세예즈>(*La*

Marseillaise)를 직접 부른 장면이 나왔기 때문이었다. 아버지는 내게 다른 영화 <위대한 환상>⁴에 나오는 또 다른 <라 마르세예즈>에 대해 말해주셨고, 당신이 르망(Le Mans) 근처의 오부르(Auvours) 기지에서 동료 예비역 장교들과 함께 부른 <라 마르세예즈>에 대해서도 말해주셨다. 독일군의 출현이 임박한 가운데 아버지와 동료들은 여기서 군사교육을 받고 있었는데, 독일군이 늦게 도착해서 도망칠 시간이 있었고 그들은 결국 루아르(Loire) 지방을 가로질러 탈출했다. 내가 이 사실을 알았던 것은 어머니와 함께 나도 거기서 멀지 않은 곳에 있었기 때문이다. 어머니는 줄곧 자기 남편으로부터 멀어지고 싶지 않았고, 퇴각하는 프랑스 군대의 자취를 따라가려고 혼신의 노력을 다했다.

　<카사블랑카>의 모든 것이 나를 흔들어놓았다. 사랑이나 남자들 사이의 기사도적 우정도 그랬고, 험프리 보가트가 운영하는 카바레의 문턱에 잉그리드 버그만이 나타난 것도, 흑인 피아니스트 샘이 연주한 라이트모티프 <세월이 흐르면>(*As Time Goes By*)도 그랬다. 그리고 더 심층적으로는, 당시에는 내가 이를 분명하게 말하기에는 어휘력도 부족했고 경험도 없었지만, 남자들을 사로잡은 이 여인[잉그리드 버그만]의 몸에

4　장 르누아르(Jean Renoir), <위대한 환상>(*La Grande Illusion*) 1937, 프랑스, 113분.

밴 관능적 아름다움도 그랬다. 관객들은 [스크린에서는] 전혀 보지 못했지만 그들 중 두 명은 그녀를 '가졌다'는 것을 알았다. (이것이 1940년대의 에로티즘이었다.)

　　<세월이 흐르면>…

　　카사블랑카라는 실제 도시는 영화에 나오는 것과는 완전히 달랐다. 영화에 나오는 카스바(Casbah) 가(街)의 전형적인 에로티즘은 내게 줄곧 강한 인상을 주었지만, 이것은 아프리카의 이 도시 이름[카사블랑카]과 디에고-수아레즈(Diégo-Suarez)나 지부티(Djibouti)처럼 기이한 음조를 가진 몇몇 이름이 유년시절부터 내 안에 불러일으킨 이미지들과 이 에로티즘이 상응했기 때문이다. 이 모든 지명은 전쟁 시기 내내 우리 집안의 영웅이었던 삼촌(내 아버지의 동생)의 긴 항해 여정에 점철된 지명들이다. 이 지명들의 이국적인 음색은, 줄곧 우리 집안의 화제여서 내가 지속적으로 들었던 이 영웅의 여정에 신비로운 덧칠을 했고, 나는 해방 후에야 삼촌을 직접 볼 수 있었다. 드골 장군, 그리고 미군들과 함께. 내가 숙모를 얼핏 만난 것은 1939년이라고 기억하는데―내 부모님께 몇 차례 확인했기 때문에 이는 정확한 기억이다―, 숙모는 그때 카사블랑카에서 삼촌과 합류하려고 아이 둘을 데리고 배를 타러 갔다. 전쟁 기간 내내 우리 집에서는 카사블랑카 얘기를 많이 했다. 이 지명은 상용어, 아니면 진짜 식민지 거주자들이 말하는 것처럼, 줄여서 '카사'로 통했다. 내가 1942년에 이 지역에서 벌어진 복잡

한 비극을 이해하기 시작한 것은 시간이 한참 지난 후였다. 당시에도 비록 내가 샤를 노게, 앙리 지로, 프랑수아 다를랑에 대해 듣기는 했지만.[5] 해군 장교였던 삼촌에게 정치적인 두뇌는 없었다. 미군이 모로코에 상륙했을 때 그는 훈련 받은 대로 미군에게 발포했다. 이로부터 얼마 지나지 않아 그는 영웅이 되었다. 그는 편을 바꿔 연합군과 자유 프랑스(France libre) 편을 택했고, 미국에서 연수를 받고 나서 잠수함 한 척의 지휘를 맡게 되었던 것이다. 대략 이와 비슷한 시기에, 나는 부모님 집과 조부모님 집에서 [비시 정부의 수장인] 페탱의 사진이 어느 날부터 사라졌다는 사실을 알게 되었다. 삼촌은 미국, 영국, 마다가스카르 등으로 참 많이도 옮겨 다녔다. 삼촌의 소식은 드문드문 간접적으로만 들을 수 있었다. 우리는 한동안 삼촌이 죽은 줄 알았다. 당시 파리의 신문은, 독일 해군이 반란을 일으킨 잠수함 한 척을 격침시켰다고 의기양양하게 보도했기 때문이다. 이 소식을 전해주려고 할아버지가 옆구리에 신문을 끼고 눈물을 글썽이면서 부모님 집에 오셨던 모습이 지금도 눈에 선하다.

  삼촌이 지휘한 잠수함의 이름을 우리가 어떻게 알았는지

---

5 샤를 노게(Charles Noguès, 1876~1971)는 1939년에 아프리카 총사령관이었다가 이후 비시 정부에 의해 모로코 통감으로 임명되어 연합군의 상륙에 맞선 인물이다. 앙리 지로(Henri Giraud, 1879~1949)는 연합군의 편에 선 프랑스의 장군으로서 드골과 함께 임시정부의 총리를 역임했다. 프랑수아 다를랑(François Darlan, 1881~1942)은 해군 제독으로서 비시 정부의 총리를 지냈으며 1942년에 레지스탕스에게 암살당했다.

모르겠다. 내가 어머니한테 이에 대해 물었을 때 어머니는 제대로 대답하지 못하셨다. 몇 년 전 내가, 무슨 이유인지 모르겠지만, 어머니에게 제2차 세계대전 이전의 나날, 전쟁 선포, 피난, 점령에 관해 묻기 시작했을 때, 어머니의 기억은 잠수함 이름을 물었을 때보다는 더 정확했다. 어머니가 아흔 살이 되셨을 때도 나는 어머니와 함께 이 아득한 과거를 계속해서 탐험했지만, 내가 혹시 내 질문들에 대한 답을 어머니에게 암시하지 않았을까 하는 생각도 하게 되었다. 그렇지만 내가 질문을 계속한 것은, 어머니에게도 이 작업이 즐거워 보이셨기 때문이다.

삼촌은 궁지에서 빠져나왔다. 그는 자신의 위업에 관해 내게 말하는 법이 없었지만, 삼촌 대신 다른 사람들이 말해주었다. 특히 할아버지가 그랬는데, 할아버지는 당신의 아들이 자랑스러웠고 아마도 더 은밀하게는, 이 무훈(武勳)이 그 이전 시기의 삼촌의 모호한 행적을 결정적으로 지워주었기 때문이다. 우리 가족은 완전히 좋은 편으로 넘어왔다. 당시 삼촌은 모터라는 모터는 모두 다 끈 채 잠수함을 바다 깊은 곳에 정박해 두었다. 그리고 잠수함의 중유(重油)를 모두 흘러버리고 몇 시간 동안 죽은 체하고 있었고, 이후에 내가 본 수많은 전쟁 영화에서처럼 마침내 적의 초계정을 속이는 데 성공했다. 그러고는 손상을 입은 자기 전함을 무사 귀환시켰다.

1945년에 삼촌은 라 로셸(La Rochelle)의 잠수함 기지에 배치되었다. 숙모는 삼촌과 같이 살려고 내 사촌 둘을 데리고 전쟁 기간 전체를 보낸 카사블랑카를 떠났다. 가끔 나는 온갖 모험과 불안의 세월을 보내고 난 후, 이들의 재회가 실제로 이루어졌다면 어땠을까를 상상해보곤 한다. 겨울이었다. 숙모는 감기에 걸렸고, 마치 나쁜 멜로드라마나 헤밍웨이 소설에서처럼, 임신한 채 폐렴으로 돌아가셨다. 내 눈에 카사블랑카라는 이름이 매번 특별한 아우라를 가지고 있다면, 이는 (전쟁에서 귀환해 죽은 부인을 만난) 사랑으로 번민하는 남자의 추억, 파란만장한 과거를 가진 영웅의 추억, (여자들은 사랑에 빠지고 남자들은 질투하는) 비탄에 잠긴 홀아비의 추억을 갖고 있기 때문이다. 나는 이후의 삼촌에 대해 알고 있다. 그는 내 청소년 기를 매혹시켰고 나는 그가 늙어가는 것을 지켜보았다. 그러나 삼촌에 대해 생각할 때 내게 맨 처음 떠오르는 이미지는 역사에서 갓 튀어나온 서른다섯 살 난 아름다운 청년의 이미지다. 고통마저도 살고자 하는 욕구를 완전히 짓밟지 못했으며 영화 시나리오로 쓰이기를 기다리고 있는 영웅의 이미지, 아마도 삶이 그에게 이보다 더 큰 영광을 부여할 수는 없었을 영웅의 이미지. 나는 카사블랑카를 잘 모른다. 나는 그곳에 두세 번 정도 짧게 머물렀을 뿐이다. 내가 어렸을 때 꿈꾸었던 도시는 라탱 지구에만, 마이클 커티즈의 영화 속에만 존재한다.

　[영화 마지막 장면에서] 루이 르노와 릭, 즉 프랑스인과 미국인은 방금 막 우정의 계약을 맺었다. <카사블랑카>를 다시 볼 때면 항상 그렇듯이 나는 약간 몽롱한 상태로, 약간은 감

동한 채 맨 나중에 영화관을 나왔다. 영화관을 나오면서 단정
하게 쪽 진 머리를 한, 눈길을 끄는 낯선 여자를 다시 보았다.
그녀는 홀에서, 파란색과 장밋빛이 뒤섞인 영화 프로그램 광
고판 앞에서 머뭇거리며 옆 좌석의 남자와 수다를 떨고 있었
다. 그 남자는 그녀에게 1관과 2관이 어떤 식으로 운영되는지
설명해주고 있었다. 1관에서는 영화 한 편을 일주일 내내, 가
끔은 조금 더 길게 상영하고, 2관에서는 영화가 매일 바뀌지만
그것은 2주나 3주 간격으로 기획된 일련의 테마(탐정 영화, 서
부 영화, 존 포드 또는 험프리 보가트…)의 일부라는 것이다.
"지금 1관에서는 스필버그 영화 한 편, 즉 비교적 최근 영화인
<마이너리티 리포트>[6]가 일주일 내내 상영 중이에요. 방금
우리가 나온 2관에서는 다음 주 수요일에 하워드 혹스의 <빅
슬립>[7]에서 험프리 보가트를 다시 볼 수 있습니다. 이 영화는
보가트 주간이 아니라 '스크린으로 옮긴 누아르 소설' 기획전
의 일부랍니다." 그녀는 친절에 감사하다고 그에게 말했다. 분
명 그가 그녀의 마음에 안 들지는 않은 것 같았다. 나는 눈으로
잠깐 그 두 남녀를 따라갔지만, 그들은 대화를 이어가면서 생-
탕드레-데-자르(Saint-André-des-Arts) 가(街) 쪽으로 멀

---

6 스티븐 스필버그(Steven Spielberg), <마이너리티 리포트>(*Minority Report*),
2002, 미국, 145분.

7 하워드 혹스(Howard Hawks), <빅 슬립>(*The Big Sleep*), 1946, 미국, 114분.

어지고 있었다.

어느 날 우리 마음에 든 영화는 우리 기억 속에서 다른 기억들 옆에 자리를 잡는다. 이 영화는 다른 기억들 사이에 존재하는 하나의 기억이고, 다른 기억들처럼 망각의 위협이나 기억의 침식 작용에 노출되어 있다. 정확성의 정도 차이는 있지만, 우리가 처음으로 그 영화를 본 장소, 날짜, 상황 등이 이런저런 이유로 다시 떠오르기도 한다. 그러나 한 영화를 기억한다는 것은 또한 이 영화 자체를, 다시 말해서 이미지들을 기억하는 것이기도 하다. 마치 약간은 지각된 것을 선별해서 기억으로 만드는 정신적 작업을 영화의 테크닉이 처음부터 수행한 것 같고, 마치 어떤 의미에서는 영화의 테크닉이 기억의 작업을 수행한 것 같다. 이렇게 해서 영화 이미지들이 사적 기억처럼 머릿속에서 맴도는 일도 벌어지게 된다. 마치 영화 이미지들이 우리 삶 자체의 일부가 된 것 같다. 우리 삶의 기억들이 종종 불확실한 것처럼 영화 이미지들도 이와 똑같이 불확실하고, 실제로 과거의 장소에 되돌아갈 기회나 한 기억을 또 다른 기억과 대조할 기회가 있을 때 이 불확실성이 드러나게 된다. 이와 마찬가지로 어떤 영화를 다시 본다는 것은 잊어버린 에피소드를 되찾을 기회가 되지만, [잊어버리거나 기억이 변질되면서] 독자적인 삶을 살아온 기억의 이미지와, 변하지 않는 스크린의 이미지들 사이의 차이를 가늠할 기회가 되기도 한다.

부모님이 전쟁 기간 내내 나를 영화관에 데리고 다니셨기 때문에 <카사블랑카>가 내가 기억하는 가장 오래된 영화는 아니다. 내가 정확하게 기억하는 것은, 뉴스영화—당연히 비시 정부가 만든 것이다—를 틀어줄 때면 어둠을 틈타 나쁜 영령들이 나타나지 않도록 가끔 영화관에 불을 켜두곤 했다는 점이다. <밤의 방문자들>[8]에서 쥘 베리(Jules Berry)가 자신의 끔찍한 정체('악마')를 드러내는 목소리가 지금도 생생하게 들린다. [악마라는 뜻의] '디아블'(diable)의 '아' 발음을 질질 끌면서 내는 목소리는 멋들어지게 빈정대면서도 도발적이었다. <카사블랑카>처럼 <밤의 방문자들>도 1942년에 나온 영화지만, 마르셀 카르네는 이 영화를 프랑스에서 찍었고 이 영화는 독일 점령기에 파리 영화관에서 개봉되었다. 가장 예민한 관객들이나 가장 애국적인 관객들은 이 악마의 형상에서 독일 점령군의

8　마르셀 카르네(Marcel Carné), <밤의 방문자들>(*Les Visiteurs du soir*), 1942, 프랑스, 120분.

모습을 보고자 했지만, 검열하는 사람들은 중세의 전설 형태를 띤 이 이야기에서도, 자크 프레베르가 쓴 대사에서도 아무런 문제도 발견하지 못했다. 틀림없이 <밤의 방문객들>은 내가 본 최초의 영화 중 하나이고, 아마도 최초의 영화인 것 같지만, 이마저도 확실하지는 않다.

<카사블랑카>가 [1947년에] 파리에서 개봉되었을 때, 시대는 참 많이 변해 있었다. 당시 파리에서는 길거리 한구석에서 춤을 추고 노래를 부르곤 했다. 생-그라니에⁹의 시대였고 <플름 플룸 트랄랄라>¹⁰의 시대였다. 당시 나는 2년 전부터 길거리에서 미군이나 영국군을 보면 이들에게 뛰어가서 추잉 껌이나 초콜릿을 얻어먹곤 했다. <카사블랑카>는 내가 본 최초의 영화는 아니지만, 픽션 작품이 불러일으킨 내 최초의 시간 경험이다. 이 영화는 단번에 내 기억으로 존재하기 시작했을 뿐만 아니라—최초라는 것의 기억, 몇몇 신비로운 장면이 불러일으킨 시초적인, 본원적 감정의 기억—, 이 영화 자체가 기억과 추억, 충실성과 망각을 다룬 영화이기 때문이다. 두 주인공은 각기 차례로 자신들의 과거의 조명을 받고 또 고통을 겪는다. 특히 나 자신의 개인사와 관련된 이유 때문에, 그리고 열한 살이나 열

---

9 생-그라니에(Saint-Granier, 1890~1976)는 다재다능한 영화배우이자 작가 등으로 활약했다.

10 로베르 앙니옹(Robert Hennion), <플름 플룸 트랄랄라>(*Ploum Ploum tralala*), 1947, 프랑스, 100분.

두 살 때부터 내게도 개인사가 있다는 것을 의식하게 만들었기 때문에, 이 영화는 기억의 촉매제였고 오늘날에도 내게는 그렇다. 카사블랑카라는 이름만으로도 다양한 회상의 원천이 되고, 다른 이름들이 이와 반향을 이룬다. 이 영화가 암시하는 시기와 에피소드—제2차 세계대전 이전, 피난, 점령—는, 그 극적인 차원과 함께, 과거를 느끼는 감각과 미래에 대한 애착을 내 유년시절에 각인시켜 놓았다. 내가 맨 처음 받은 인상들의 힘이 너무 강렬한 나머지, 내가 살아가는 동안 나는 가끔 과거를 다시 산다는 느낌이 아니라, 다음의 상황을 다시 산다는 느낌을 갖게 되었다. 즉 가장 강렬했던 과거의 어떤 순간을 떠올리게 하고 심지어 이 순간을 되살게 하는 상황을. 이는 이 상황이 삶을 다시 시작하며 시작을 새롭게 경험한다는 느낌을 내게 주었기 때문이다. 마지막으로 이 영화의 핵심적인 장면들은 기다림, 위협, 도주 같은, 끈질기고 되풀이되며 강박적인 테마를 보여주고 있었다. 이 모두는 역사의 우연 때문에 내 유년시절에 강제된 테마이고, 내가 여행을 준비할 때마다 출발 전날, 내 안에서 매번 되살아나는 흥분과 가벼운 불안이 뒤섞인 감정을 내 안에 심어놓았다.

몽타주. 기계공학에서 빌려온 것 같은 이 단어는 영화의 매력을 이루는 신비를 요약적으로 보여준다. 미리 골라놓은 장면들을 서로서로 연결하는 것이 어떻게 이야기를 구성하는 데 이르게 되는가? 영화감독이 이야기를 구축하는 데 겪는 어려움은 소설가가 겪는 어려움보다 훨씬 더 크다. 소설가 또한, 자기 자신의 이름으로 말할 수 있고 묘사할 수 있고 논평할 수 있고 독자에게 정보를 줄 수 있고, 요컨대 이야기를 할 수 있다. 이와 반대로 소설가가, 아마도 분명 영화의 영향 때문에 중간 단계를 제거하고, 죽은 시간을 없애며("후작은 5시에 집에서 나왔다."), 더 현대적인 작법을 선택해서 이야기를 만드는 연결의 책임을 독자에게 맡긴다고 해도 마찬가지다. 어쨌거나 영화에서 우리가 느끼는 것은, 말로 하든 스크린 위에 쓰든 외부의 온갖 말—보이스오버 내레이션, 줄거리 요약문, 온갖 종류의 지시어, 논평—이 이미지에게 예시의 역할을 부여함으로써 이미지를 약화시키는 경향이 있다는 것이다.

가장 최근에 나온 미국 텔레비전 드라마의 경우가 이렇다는 것은 아니다. 이 드라마들은 급속도로 빠른 몽타주와 갑작스런 장면 연결을 자기 상표처럼, 자기 특유의 양식처럼 사용한다. 장소, 날짜, 시간 등의 지시어는 어쨌거나 스크린에 글로 제시되지만, 이 지시어는 내러티브적으로는 필수불가결한 것이면서 통사론적으로는 최소치로 기능한다. 그리고 이 지시어 덕분에 급속한 이미지의 연쇄로 구축된 내러티브 진행에 가독성이 높아진다. 또한 이 지시어는 내러티브 진행에 좌표를 정해주며, 온갖 중간 단계의 이미지들의 소멸에 대응한다. 우리는 항상 행동의 장소에 있게 된다. 미국 텔레비전 드라마의 신경질적인 양식은 오늘날 수많은 미국 영화에 영향을 주고 있지만, 이렇게 미국 드라마는, 영화 일반을 규정하면서 영화를 심층적으로 비현실적 예술로 만들어주는 양식(écriture)을 절정에 올려놓는다.

현실의 삶에서 강렬한 순간이나 결정적 순간은 사실상 그리 많지 않고, 설사 있더라도 어쨌거나 오랜 기간의 간극으로 분리되어 있다. 우리가 바로 전날 또는 지난주에 겪은 것을 누군가에게 말하려고 하자마자 우리는 이 오랜 간극을 의식하게 된다. 더욱이 이 강렬하고 결정적인 순간은 십중팔구, 곧바로 기억으로서만 존재하게 될 운명에 처해진 채 우리에게 회고적으로만 나타날 뿐이다. 현실에서 우리의 일상생활은, 처리하는 데 시간이 걸리며 벗어나고 싶은 작은 일들로 채워져 있으며, 대기 시간, (차 막힘뿐만 아니라) 다양한 종류의 '막힘'들로 채워져 있다. 영화는 대개 촬영 순간("컷!")부터, 또한 분명 몽타주 때에도 이런 것들을 모두 제거해버린다. 영화는 이렇게 해서 두 시간가량의 스펙터클에서 차마 말할 수 없는 진부함을 우리가 겪지 않게 해준다. 주인공이 전투에서 죽어가는 전우를 보는 순간이 그가 전우의 무덤에서 묵념하는 순간으로 눈 깜짝할 사이에 넘어간다. 또한 주인공이 역이나 공항을 떠나는 모습을 보고 나서 불과 몇 초도 되지 않아 목적지에 도착한 그를 보게 된다. 시나리오상의 특별한 필요가 없는 이상, 영화 주인공은 지하철을 기다리지 않으며 대형마트 계산대에서 줄을 서지도 않고, 편지에 답장은 안 하고 구석에서 몽상에 잠기지도 않는다. 진부한 생활은 촬영의 생략이나 몽타주의 잔재 속에 머물게 된다.

이렇게 영화 주인공의 삶은 보통 사람들의 삶, 특히 관객의 삶을 지배하는 중력의 법칙에서 벗어난다. 심지어 의도적으로 느린 리듬을 도입한 영화들에서도 영화적 쓰기의 단축, 이미지에 의한 쓰기의 단축이 두드러진다. 이 말은 영화가 시간을 의식하지 않는다는 뜻은 아니다. 이와 반대로 영화는 시간에만 관련되어 있다. 영화가 시간을 가지고 유희한다는 인상을 준다면, 영화가 얽매인 제약—어떤 이야기를 기껏해야 두 시간 이내에 해야 한다는 제약— 때문에 영화는 저속과 가속의 효과를 되풀이할 수밖에 없기 때문이다. 어떤 대사는 실시간으로 녹음된다. 관객은 이때 말하는 사람의 머뭇거림이나 심지어 숨 쉬는 것까지도 알아볼 수 있다. 서스펜스가 우리를 사로잡아, 마치 우리 자신이 겪는 것처럼 우리가 조마조마하게 되는 일도 벌어진다. 때로는 이미지 자체가 느려져서 오히려 극도로 빠르다는 주관적 감정을 만들어내기도 한다. (예컨대 영화감독이 <즐거운 인생>[11]에서 자동차 사고를 찍을 때처럼.) 그러나 그러자마자 무중력 효과가 다시 나타나서 관객을 다른 시간, 다른 장소로 옮겨놓는다. 영화의 이 가벼움은, 디테일과 중간 단계를 건너뛰면서 어떤 순간에서 과거의 다른 순간으로 비약하는 기억의 가벼움과 같다. 그러나 영화가 등장인물의 과거로 거슬러 올라갈 때, 영화의 플래시백은 기억의 그것과는 다르다. 영화의 플래시백은 과거를 현재와 결합시키기 때문이다. 과거의 이야기가 현재에 행해진다. 이것이 이미지의 힘이다. 이미지는 항상 행위의 현재로 우리를 인도하고 우리에게 이를 강제하기 때문이다. 예를 들어 감독이 등장인물 중 한 사람의 유년시절의 기억을 환기시킴으로써 그의 주관성을 표현하고자 하면, 그는 (배우 한 사람이 신뢰를 주는 목소리나 향수에 젖은 톤으로, 보이스오버 내레이션으로 들려주는) 글로 쓰인 텍스트에 의존하지 않을 수 없고, 경우에 따라서는 색채를 흐림으로써, 일시적으로나마 텍스트에 대한 일종의 은유로 만들기 위해 이미지를 흐릿

---

11 클로드 소테(Claude Sautet), <즐거운 인생>(*Les Choses de la vie*), 1970, 프랑스, 85분.

하게 처리하지 않을 수 없다.

따라서 무중력 효과는 상당 부분 몽타주에서 비롯된 것이다. 촬영이 끝난다고 해도, 러시(rush) 필름 자체가 이야기가 되는 것은 아니다. 러시 필름은 잘라내는 작업과 이어 붙이는 작업을 거쳐야만 한다. 다른 한편, 어떤 감독의 개성은 (감독이 시나리오를 쓰지 않았을 경우에는) 촬영 이전에는 시나리오에 대해 그가 얼마만큼 자유를 누리고 있는가로 평가될 수 있고, 촬영 이후에는 그가 편집자에게 얼마만큼 자유를 부여하는가, 부여하지 않는가로 평가될 수 있다. <카사블랑카>의 촬영 당시 마이클 커티즈는 이야기가 어떤 방식으로 전개될지, 어떤 식으로 끝날지에 대해 확실한 아이디어가 없었던 것 같고, 이 때문에 배우들은 엄청난 혼란을 겪었다. 이야기는 [사전 계획 없이] 하루가 지날 때마다, 한 장면을 찍을 때마다 감독이 어떤 영감을 받느냐에 따라서 즉흥적으로 구축되었다. 이런 형태의 즉흥적 작업은 아마도 상대적으로 드문 일인데, 이 때문에 우리는 영화와 기억의 관계에 대해 뭔가를 생각하게 된다. 러시 필름을 앞에 둔 감독은 약간은, 흔히 말하듯 "자기 기억을 한데 모으고자 하는" 늙어가는 사람과 비슷하다. 우리 기억력—기록하고 날짜를 부여하고 분류하는 기억력—이 좋지 않을 때, 심지어 상대적으로 최근에 일어난 과거마저도 우리에게 다수의 흩어진 '장면들'로 나타나게 된다. 우리는 회상의 순간에 이 장면들을 연결하는 연관성을 찾고자 하고, 한 장면에서 다른 장면으로 이어지는 끈을 찾고자 하고, 존재의 끈 자체를 찾고자 한다. 기억의 이중적 역설은, 과거가 오래된 것일수록 우리 마음에 남아 있는 장면들은 더욱더 생생하고 생기 있는 현재로 나타나지만, 이와 반대로 이 장면들을 연결하는 끈은 더욱더 느슨해지고 뒤엉키고 사라져버린다는 것이다. 따라서 연속성을 재구성하고 이를 하나의 이야기로 만들기 위해서는 우리 기억들, 이 기억의 러시 필름들을 '몽타주'해야 한다. 이런 작업에서 행해지는 것은 무가치한 일이 아니다. 왜냐하면 점차, 비극적으로 자기 과거를 잃는다는 것—알츠하이머병에서처럼 가장 오래된 기억들이 최후의 저항 끝에 마지막으로 지워진다—은, 자신을 시야에서 놓친다는 것(se perdre de vue)이며, 다른 말로 하면 죽는다는 것이기 때문이다.

피난이 내 유년시절에 각인되어 있다. 어머니가 아버지의 뒤를 쫓아 나를 데리고 프랑스의 도로 위로 나섰을 때 나는 네 살 반이었다.[12] 전쟁이 끝난 후, 우리가 여름휴가를 보내려고 브르타뉴(Bretagne) 지방으로 떠날 때면 내게는 종종 다시 피난을 간다는 느낌이 생겨났다. 피난의 여정에 늘어서 있던 마을과 도시를 다시 지나가게 되기 때문이다. 내게 루아르 강은 하나의 경계로 남아 있다.

파리에서 서쪽으로 가는 길을 타게 되면, 나는 약간은 도주한다는 인상을 갖게 된다. 다른 무엇보다도 나는 이런 이유 때문에 장-루이 트랑티냥(Jean-Louis Trintignant) 같은 배

---

12 참고로 마르크 오제는 1935년생이며, 2차 세계대전 발발 시기의 주요 연보는 다음과 같다. 독일의 폴란드 침공은 1939년 9월 1일, 프랑스의 대독 선전 포고는 1939년 9월 3일, 독일군이 프랑스 국경을 돌파한 시기는 1940년 6월, 독일군이 파리에 입성한 날은 1940년 6월 14일이다.

우를 좋아한다. 젊었을 때 나온 영화에서 그는 항상 뛰고 있었기 때문이다. 트랑티냥은 줄곧 급하게 달리고 있었고 발등에 불이 떨어진 것처럼 줄행랑을 치고 있었다. 나 또한 그랬는데, 하루건너 하루에 꾸는 꿈마다 나는 도망치고 있었고 온 힘을 다해 달아났다. 꿈에서 내 다리는 여전히 튼튼했다. 피난과 관련해 나는 기억 속에서 프랑스 지도 한 장을 오랫동안 간직했는데, 여기서 몇몇 주목할 만한 지점들——샹파녜(Champagné), 르망, 보르도, 카네장(Canéjan), 타르브(Tarbes), 켈뤼스(Caylus), 툴루즈, 브리브(Brive)——이 기억에 남아 있다. 비록 내가 이 지명들 서로를 연대기적 순서로 연결시키지는 못했지만. 내가 왜 2000년이 되어서야, 어머니와 수다를 떨면서 이 여정의 단계들을 하나하나 되찾아내고 되짚어볼 욕구를 느끼게 되었는지 모르겠다. 나는 사실상 내 기억 속의 이미지들을 순서대로 정렬하고 싶었다. 내 기억은 서로 간의 즉각적인 관계가 없는 이미지들로 가득 차 있었고, 다른 한편 나는 이 이미지 중 몇 개는 엄밀하게 말해서 [피난의 이미지가 아니라] 피난보다 약간 이전의 이미지거나 이후의 이미지라는 의심이 들었다. 우리가 함께 겪은 미로 같은 방랑을 통해 나를 출발 지점, 즉 전쟁 이전이나 피난 이전의 파리로 이끌고 갈 끈을 되찾기 위해 내게는 어머니가 필요했다.

[파리 5구의] 케 들라 투르넬(Quai de la Tournelle) 가(街)에 있는 내 조부모님의 집이 내 피난의 출발점이다. 거기서

나는 숙모와 두 사촌을 다시 보았는데, 그때는 1939년이었고 그들이 아직 카사블랑카로 떠나기 전이었다. 그들이 [피난을 가야 한다는] 일종의 출발 신호를 준 셈이지만 우리는 아직 모르고 있었다. 내 조부모님은 독일군이 진입하기 전에 이미 떠나셨고 코레즈(Corrèze)에서 할아버지가 운영했던 자동차 정비공장 주인의 집으로 도피하셨다. 조부모님이 그곳에 도착했을 때 자동차 정비공장은 폐쇄되어 있었고 다른 곳으로 이전해버리고 없었다. 조부모님은 파리에서 1940년까지 거대하고 황폐한 건물에서 살고 계셨는데, 그곳에서 센강과 노트르담 성당이 보였다. (군데군데 이빨 빠진 타일이 놓여 있던 긴 복도가 생각나는데, 이 타일 위에서 나는 빨간 나무 소방차를 굴리곤 했다.) 지금은 완전히 복원되어 고가의 대여섯 개 거처로 분할된 이 18세기의 독특한 건물의 우뚝 솟은 정문 앞을 지날 때면, 나는 가끔은 정문을 열고 들어가 보고 싶은 욕구가 생긴다. 그러나 당시에 만들어졌든, 외관만 그렇든 간에, 현대적인 정문은 [지나가는 사람이] 문을 열고 들어갈 여지를 주지 않는다. 나는 비밀번호를 눌러야 열리는 장치와 감시카메라에 주눅이 들어 이런 욕구를 포기해버리고 만다.

어떤 이미지들은 다른 이미지보다 [내 기억 속에] 훨씬 더 집요하게 남아 있다. 내게 피난은 우선 르망에서 몇 킬로미터 떨어진 샹파네라는 마을에 거주하는 것이다. 내 짐작에 지금도 그 자리에 있는 군부대, 오부르 기지가 이 마을과 인접해 있었다.

아버지는 거기서 예비역 장교(EOR)[13] 훈련을 받았다. 샹파녜
나 오부르라는 지명은, 마치 마술의 주문처럼 단번에 발음했던
EOR이라는 신비스런 용어와 함께 내게는 항상 피난의 시작,
즉 프랑스의 도로 위로 우리가 탈출하기 이전의 짧은 시기를 요
약해주는 말이다. ['황금빛 꿩'이라는 뜻의] '르 프장 도레'(le
Faisan doré)라는 또 다른 이름도 있는데, 우리가 자주 식사했
던 식당 이름이다. 회색 투피스를 입은 기품 있는 금발의 부인
이 우리 테이블 바로 옆에서 점심 식사를 하고 있었다. 내 눈에
는 그녀가 아주 예뻐 보였고 나는 그녀에게 매혹되었다. 나는
[식사 중에] 그녀를 보려고 뒤돌아보곤 했다. 어머니와 내가 샹
파녜에서 보낸 날들과 '르 프장 도레'와 식당에 있던 여인을 떠
올렸을 때, 내 입에서 갑자기 "그 부인의 이름은 피숑(Pichon)
이었어요!"라는 말이 튀어나왔고, 이때 어머니는 깜짝 놀랐으
며, 고유명사를 잘 기억하지 못하는 나는 더더욱 놀랐다. 60년
도 더 지났는데, 생각지도 못하게 그 이름이 내게로 와서 내 입
가에 머물렀다. 그 이름이 떠오르던 순간까지 나는 그 이름이
내 기억의 한구석에 숨겨져 있었다는 사실 자체도 모르고 있었
다. 반면 나는 호텔에 대해 아무 기억도 없다. 우리가 이 호텔에
묵었고 또 아버지가 가끔 동료들의 묵계하에 막사에서 빠져나
와 어머니를 만나러 오시기는 했어도 그렇다. 시간이 지난 후 부

---

13 EOR은 Élève officier de réserve의 약자로서 '예비역 장교 훈련생'이라는 뜻이다.

모님은 내 앞에서 웃으시면서 은밀한 행복의 순간에 대해 이야기 했다. 이것이 부모님에게는 젊음의 마지막 기억이었을 거라고, 나는 가끔 혼잣말을 하곤 한다. 왜냐하면 1년 후 아버지가 병에 걸려 나이에 걸맞지 않게 늙어버리셨기 때문이다.

며칠 되지는 않았겠지만, 우리는 샹파녜에서 비교적 평화로운 시간을 보냈다. 어머니는 그때 젊은 여성 한 분을 알게 되었는데, 그녀 또한 남편을 쫓아 샹파녜까지 오게 되었다. 우리는 근처에 있는 소나무 숲을 산책하곤 했다. 이 모든 것은 <카사블랑카>에서 릭과 일사가 샘이 <세월이 흐르면>을 연주하는 것을 들으면서 파리에서 마지막 샴페인을 마시던 때와 거의 비슷한 시기에 일어난 일이다. 그해 여름은 더웠다. 우리는 산딸기를 땄다. 하루는 내가 산딸기나무 사이에 웅크리고 있는 독사에게 손을 내민 순간 어머니가 나를 붙들기도 했다. 독사는 고개를 빳빳하게 세운 후 가버렸다. 어머니가 지른 비명에 놀라서 나는 공포에 질렸다. 나는 얼마 후 다시 공포에 질렸는데, 그것은 우레 같은 소리를 내며 소나무 숲을 스칠 듯 지나간 독일 비행기 때문이었다. 그 날개에는 검은 철십자가 선명하게 그려져 있었다. 어머니와 나는 종종 이 두 개의 에피소드를 떠올리곤 했는데, 내가 이에 대해 갖고 있던 이미지가 오래전부터 변하지 않고 너무 생생하게 남아 있었던 것 같다. 여기에 또 다른 이미지를 덧붙일 수 있다. 밤이었고, 우리는 새로 사귄 아주머니의 자동차를 타고 샹파녜를 떠났다. 전조등이 고장 나서 그랬는지 전조등을 끄라고 해서 그랬는지는 모르겠지만, 어머니는 길을 밝히려고 손전등을 사용하셨다. 경찰 한 명이 창유리를 내린 자동차 문에 몸을 숙이며 나타났다. 나는 뒷좌석에 몸을 웅크리고 있었다. 그는 독일군이 렌(Rennes)을 이미 점령하고 있기 때문에 렌 쪽으로는 갈 수 없다고 했다. 그는 아주머니에게 루아르 쪽으로 빠지라고 충고했다.

어머니가 나를 도와 내 기억들을 정렬해주기 전까지는, 나는 '나의' 피난이 원의 형태를 그리면서 서쪽으로, 그다음에는 남쪽으로, 휴전 이후에는 파리로 되돌아오는 기나긴 도주의 과정이라고 생각하곤 했다. 내가 이걸로 만들 수 있었던 이야기는 단순했다. 경찰과의 에피소드 이후 우리는 아주 오랫동안 자동차를 탔던 것 같다. 나는 잠을 아주 많이 잤고 바스크 지방(Pays basque)에 있는 그 아주머니의 집에서 잠을 깼다. 침실 창문으로 피레네 산맥이 보였다. 그 영상이 아직도 내 눈에 선명하다. 피레네 산맥의 정상은 눈에 덮여 있었다. (어쨌거나 내게 남은 영상에서는 그렇다.) 이후 우리는 타르브와 툴루즈에서 아버지를 찾아다녔다. 넓은 광장이 있었고 큰 병영이 있었는데, 그 병영의 문 앞에서 한 흑인 병사가 붉은 터키모자를 쓰고 보초를 서고 있었다. 그러나 우리가 아버지를 찾은 곳은 켈뤼스에서였다. 켈뤼스에서 내게 남아 있는 이미지는 돼지들 도살에 몰두하고 있는 병사들의 이미지다. 돼지들은 아기처럼 울어댔고 피가 거리로 흘러들었다. 내가 만든 이야기는 대충 여기서 끝난다.

왜냐하면 [내 기억의] 다음 장면에서 나는 부모님과 함께 있고 아버지는 민간복을 입고 계시기 때문이다. 우리는 브리브에 있는 병원으로, 막 위궤양 수술을 마친 할아버지께 병문안을 간다. 아버지는 내가 수술실 창유리로 할아버지에게 인사를 할 수 있도록 나를 팔로 번쩍 들어올린다. 다음 이미지는 파리의 모베르(Maubert) 광장인데, 나는 거기서 생애 최초로 지하철역 입구에서 회색 군복을 입고 있는 독일군 병사를 본다. 그 판본에는 내가 어떻게 해도 분류할 수 없는 이미지 몇 개가 있다. 보르도에서 멀지 않은, 랑드 지방(les Landes)의 카네장에서 내 외가 쪽 증조모의 낮은 집이 그 하나다. 저녁이 되면 나는 워낭 소리를 듣는다. 증조모님이 돌아가신 지 몇 년 후 그 집에 다시 갔지만, 랑드 지방의 소 떼는 사라져버리고 없었다. (큰 거리를 따라 아케이드가 늘어서 있는) 라 로셸의 풍경도 내게 자주 떠오르는데, 아마도 피난 이전의 풍경일 것이다.

어머니는 몸소 당신의 기억을 뒤져서 작은 터치 몇 개로 내가 이 시나리오를 완성시키고 수정할 수 있도록 도와주셨다. 물론 그것이 즉시 이루어진 것은 아니다. 어머니와 나눈 대화는 두서가 없었고 온갖 방향으로 뻗어나갔으며 하나의 기억은 다른 기억을 불러왔고 가끔은 괄호를 열고 닫지 않았기 때문이다. 우리가 마침내 완성한 이야기는, 중요하거나 하찮은 일련의 사건을 전해준다. 그중 어떤 사건은 내게 분명하게 떠오른다. 다른 사건은 내 기억에서 완전히 사라져버렸지만, 어머니는 내가 흩어져 있는 이미지 몇몇을 분명히 하고 제자리에 놓을 수 있도록 도와주셨다.

1939년 8월에 우리는 라 로셸 근처에 있는 샤틀레이용 (Châtelaillon)으로 여름휴가를 갔고 8월의 꽤 많은 시간을 보냈다. 9월 3일에 전쟁이 선포되었다. (그 전날이 내 네 살 생일이었다.) 아버지는 파리에서 군대로 소환되셨지만, 어머니에게 사태를 관망하면서 라 로셸에서 기다리라고 충고하셨다. 아무 일도 일어나지 않았기 때문에, 크리스마스 며칠 전에 우리는 파리로 되돌아갔다. 아버지는 1940년 4월에 군대에 동원되셨고 타르브에 배치되셨다. 어머니는 동원된 것도 배치된 것도 아니었지만 곧바로 아버지를 따라갔다. 어머니는 나를 데리고 기차로 보르도로 떠났고 카네장의 증조할머니 댁에서 하루를 보냈다. 보르도에서는 트램(tram)을 타야만 했고 그다음에는 황야를 꽤 많이 걸어서, 큰 도로에서 몇 킬로미터 떨어져 소나무 숲 사이에 둥지를 틀고 있는 마을에 도착했다. 타르브에 도착한 지 얼마 되지 않아서 우리는 다시 떠나야 했다. 아버지가 막 오부르 기지에 배치되셨기 때문이다. 보르도를 다시 지났고 할머니에게 다시 인사를 했고 르망으로 가는 기차를 탔다. 거기서 지방 버스가 우리를 당일로 샹파네까지 태워주었다. 기지가 어딘지 확인해두고 어머니가 아버지와 다시 연락이 된 후에 우리는 되돌아왔다. 밤에 경보가 울렸다. 비행기들이 도시 상공을 비행하고 있었다. (나는 이에 대해 어떤 기억도 없다.) 이튿날 우리는 지방 버스를 다시 타고 샹파녜에 체류하러 갔다. 어머니는 호텔에서 어떤 아주머니와 알게 되었는데, 그녀는 곧 이은 피난에서 우리의 길잡이 역할을 하게 되었다. 우리는 피난민 무리가 도착하는 것을 보았다. 어머니의 기억에 따르면 피난민 중에는 벨기에 사람이 많았다. 오늘날 내가 그 피난민 무리의 몇몇 이미지를 다시 생각해낸 것 같아도, 여기에 <금지된 장난>[14]의 몇몇 장면이 뒤섞여 있는지는 확실하지 않다. 우리가 새로 알게 된 앵쇼스페(Inchauspé) 부인의 차를 타고 다른 두 명의 여성—이 두 여성 역시 잊어버렸고 여전히 기억하지 못한다—과 동행해서 샹파녜에서 도피했을 때, 처음에는 앵쇼스페 부인은 렌으로 떠나고 우리는 더 멀리 가서 브르타뉴에 있는 아버지 가족에게로 피난 간다는 계획이었다. 그러나 라 게르쉬-드-브르타뉴(La Guerche-de-Bretagne)에서 소방관들에게 휘발유를 약간 얻으면서 렌으로 가는 길이 차단되었다는 소식을 들었다. 얼마 후에 비행기들, 아마도 이탈리아 비행기들이 기총소사를 했다. 어머니는 그 사건에 너무 큰 충격을 받았지만, 나는 그 일에 대해 어떤 기억도 없다. 따라서 우리는 우선 방데(Vandée)를 거쳐 보르도로 갔고, 카네장에서 증조할머니를 한 번 더 만났다. 다음 날 밤 보르도는 엄청난 폭격을 당했고, 여기서 상당수의 프랑스 지도층이 '마실리아'(Massilia) 호에 탑승했다. 랑드에 있

---

14 르네 클레망(René Clément), <금지된 장난>(*Jeux interdits*), 1952, 프랑스, 86분.

는 피난처에서도 폭격 소리가 들렸다고 어머니는 내게 말했지만, 이 또한 기억나지 않는다. 마치 나를 끔찍한 공포에 질리게 했던 모든 것이 내 의식에서 사라져버린 것만 같다. 다음 날 우리는 피레네 산맥 쪽으로 피신했다. 이틀 후 우리는 툴루즈로 가는 기차를 탔는데, 어머니는 거기서 남편을 다시 만날 수 있을 거라고 믿었다. 그녀는 몇몇 병영에 찾아가서 물었지만, 결국 아버지가 몽토방(Montauban)을 거쳐 전에 우리가 만났던 켈뤼스에 있다는 사실을 알게 되었다. 거기서 어머니는 방을 하나 빌렸고, 아침이면 우리 건물 맞은편에서 돼지를 도살하는 소리에 잠을 깼다. 그 이후는 대강 내 기억과 일치한다. 우리는 브리브에서 할아버지, 할머니를 만났다. 거기서 파리행 기차를 타고 한밤중에 자유 프랑스와 독일 점령지를 가르는 경계선을 넘었다. 파리에서는 오스테를리츠(Austerlitz) 역에 도착했다. 어머니는 우리가 도착할 때 만난, 내가 이후 모베르 광장에서 다시 보았던 회색 군복을 입은 독일군 병사를 기억하지 못했다.

세월이 가면서 나는 이렇게 우회와 되돌아가기로 가득 차 있는 이 복잡한 여정을 몇몇 핵심적 장면들로 단순화시켜 버린 것일까? (이 복잡한 여정은 우리가 프랑스 전역을 떠돌 때 어머니가 즉석에서 만들어낸 여정이다.) 내게는 그 장면들이 왜 그토록 본질적인 것일까? 긴 분석을 해도 나는 아마 이 질문에 온전하게 답할 수 없을 것이다. 내가 주목하는 것은, 단지 그 장면들 모두가 움직임 속의 정지에 대응하며, [이튿날 또 떠나야 해서] 출발 전날이기도 했던 도착 다음 날에 대응하며, 기다림과 '서스펜스'의 순간들에 대응한다는 것이다. 서스펜스라는 말이 시간의 유예와 사건의 임박성을 동시에 가리킨다는 전제하에서 그렇다. 카네장의 황야에서 그랬던 것처럼 샹파녜의 황야에서도, 길이 차단되었다는 경찰의 목소리를 들었던 정차된 자동차 뒷좌석에서도 나는, 미래의 일보 직전에서 나를 붙들고 있던, 강렬한 순간을 온전히 경험했다.

영화의 시작 부분에서 릭(험프리 보가트)은 왜 그렇게 고통스러워하고 비정한 것일까? 그는 왜 **만사에 초탈하다**는 인상을 주는 것일까? 그에게는 한이 맺힌 이야기가 있기 때문이다. 다시 말해서 그는 자신이 극찬한 여자, 투명한 시선과 마음을 파고드는 목소리를 가진 여자였던 일사(잉그리드 버그만)에게 속았고 배신당했다. 따라서 그는 마음대로 상상했고 스스로 이야기를 지어냈다. 한쪽에는 환상이 있고, 다른 쪽에는 거짓말이 있다. 이것이 그만의 이야기다. 그가 카사블랑카에서 일사를 다시 만났을 때, 처음에 그는 다른 이야기, 즉 그녀만의 이야기를 듣지 않으려고 한다. 몇 달 전부터 자신의 상처를 후벼 파는 노래 <세월이 흐르면>을 거부한 것처럼. 그리고 갑자기 역할이 뒤바뀐다. 영화의 시작 부분에서 일사는 기품이 있다. 그녀는 고통받았지만 여기에는 합당한 이유가 있었다. 그녀는 릭을 이해시킬 만한 이야기를 할 수 있었고, 릭과 다시 만났을 때 그에게 그 이야기를 들려주려고 하지만 성공하지 못했다. 그녀는 나치에 맞선 레지스탕스 영웅인 남편이 죽은 줄 알았으나 그가 살아서 되돌아왔고, 그녀는 자기 애인인 릭에게 이 과거를 말하지 않았다. 이 과거는 공백 끝에 마지막 순간 다시 나타났고 이 때문에 그녀는 애인과 함께 도주하지 못했다. 비극은 릭이 이 존중할 만한 저항과 희생의 이야기에 따르기로 한다는 것이고, 심지어 여기에 새로운 장을 덧붙이려고 한다는 것이다. 그는 그녀가 [다시 자신과 떠날] 준비가 되었을 때, 자신의 사랑 이야기를 다시 이어가기 위해 이 기회를 포기한다. 이 결정적이고 모호한 순간이 <카사블랑카>의 결말이고, 이때 두 주인공은 자기들 사랑의 추억에 완성된 형식을 부여한다. 파리에서 한눈에 반할 때부터 카사블랑카에서 다시 만날 때까지 겨우 몇 달이 흘렀을 뿐이다. 관객이 인지하는 이들의 혼란은 또한 배우들의 혼란이고(잉그리드 버그만은 커티즈 감독에게 그녀가 마지막으로 누구를 사랑하게 되느냐고 묻곤 했다), 또한 감독의 혼란이기도 하다(커티즈는 그녀에게 이렇게 대답했다. "그 둘 사이에서 연기해 보세요."). 커티즈가 코르네이유였다면, 일사는 『티트와 베레니스』[15]의 베레니스처럼 영웅적으로 외쳤을 것이다.

---

15 피에르 코르네이유(Pierre Corneille), 『티트와 베레니스』(Tite et Bérénice), 1670, 5악장의 희곡.

"저는 사랑의 힘으로 당신의 것인 나를 [당신에게서] 떼어
냈고,
제가 다른 여자처럼 사랑한다면 나는 [다시] 당신의 것이
될 거예요."

명백하게도 커티즈는 [코르네이유보다는] 훨씬 더 라신적
인 일사가 타당하다고 생각한다("한 달 뒤에, 일 년 뒤에…").
그리고 그는 [라신의] 『베레니스』[16]의 티투스가 가진 뭔가 나
쁜 신념을 릭에게 부여한다. 명예와 전쟁을 위해 훨씬 더 쉽게
사랑을 희생하면서 단호한 조치를 취하는 사람은 다름 아닌
릭이다. 아마 인간은 결국 전쟁을 더 좋아하며, 사랑에 빠지기
보다는 허영심이 더 강하다고 믿어야 할지도 모른다. 릭은 자
신이 아직도 사랑받고 있다는 확신을 가지자마자, 더 쉽게 기
사도적 행위를 할 수 있게 된다. 그러나 우리는 뮈세의 마르고
(Margot)[17]처럼 멜로드라마의 스펙터클에 울지 않을 수 없다.
이는 우선 얼굴, 즉 클로즈업으로 보인, 감동받고 감동시키는
얼굴 때문이다. 마치 그 뉘앙스 하나하나가 우리를 위해 준비
된 것처럼, 우리는 얼굴의 가장 작은 뉘앙스마저도 해독하게 된

---

16 장 라신(Jean Racine), 『베레니스』(*Bérénice*), 1670, 5악장의 희곡.

17 알프레드 드 뮈세(Alfred de Musset)의 단편소설 「마르고」(Margot)(1838)의 주
인공.

다. 또한 우리가 멜로드라마의 스펙터클에 우는 것은, 등장인
물들의 태도에서 나타나는 미세한 **동요**(動搖) 때문이다. 이 동
요는 아마도 감독의 머뭇거림에서 나온 것이지만, 또한 삶의 불
확실성, 우리 환상의 불확실성, 우리 환멸의 불확실성을 드러낸
다. 그리고 이 동요는 이윽고 기억의 불확실성을 드러내는데, 마
치 기억의 불확실성이, 일종의 기이한 충실성에 의해 과거의 불
확실성을 재현하는 것과도 같다. 비탄과 이별의 장소, 공항이나
역에서 우리가 갑자기 느끼게 되는 슬픔과 아름다움의 욕구 때
문에, 가끔 진부한 노래가 아무 이유도 없이 떠오르게 된다. 우
리가 사랑을 믿고, 영웅주의를 믿고, 체념을 믿을 필요가 있기
때문에, 우리는 가장 낭만적인 판본의 이야기에 본능적으로 이
끌리게 되며, 우리 기억의 비밀 속에서 이 영화, 이 우리의 영화
에 대한 내밀하고 사적인 몽타주가 행해지게 된다. 우리가 <카
사블랑카>라는 이름을 내뱉을 때마다 그것은 가장 먼 곳에서
온 기억처럼 이제부터 우리 안에서 울리게 될 것이다.

이삼 년 전 내게 갑자기 불면증이 찾아와서 약간 독특한 유형의 탐구를 할 수 있는 기회가 되었다. 나는 1940년 이전의 기억, 내게는 가장 오래된 기억의 재정복에 나섰다. 밤이면 내 머릿속에 오래 남아 있던 아득한 이미지의 조각들을 모으기 시작했고, 날이 밝으면 어머니의 집으로 달려가 어머니의 얘기를 듣고 어머니와 교차 확인에 착수해서 이 조각들의 날짜를 맞추고자 했다. 어머니는 여기서 결정적 증인이었지만, 기억력이 감퇴했거나 약해져서 내가 전혀 경험하지 않은 영역만을 탐사하실 뿐이었다. 어머니 또한 근원으로 거슬러 올라가서 1937년이나 1938년보다는 더 자발적으로 1920년대, 즉 1914년 전쟁[제1차 세계대전] 말기를 떠올리셨다. 어머니는 내게 아미앵(Amiens)에 있던 유년기의 집이나, 마치 내가 아는 사람이라도 되는 양 외할아버지의 친구들에 대해 말씀하셨고, 내가 항의하면 내게 약간의 관대함을 요구하는 작은 미소를 짓고서 당신의 부주의에 용서를 구했다. "아, 맞아, 너는 그때 태어나지도 않았지…." 이때 나는 최악의 고독은 [나만 기억한다는] 기억의 고독이며, 자신이 겪은 일에 대해 어떤 증인도 없다는 사실 때문에 어머니가 고통 받았다는 점을 깨달았다. 그러나 어머니가 [기억 속에서] 길을 잃을 때면, 나는 가끔 어머니에게 약간 거칠게 경고했는데, 이는 아마도 어머니를 시야에서 놓치지 않을까 두려웠고, 나 또한 내 기억들만 갖고 홀로 남아 있지는 않을까 두려웠기 때문이다.

1938년인지 1939년인지 모르겠지만, 내게는 분명한 기억 하나가 있다. 파리 7구의 세귀르(Ségur)나 뒤록(Duroc) 쪽에 세련된 거처 하나가 있고, 여기에 내 할머니의 여동생, 즉 이모할머니가 살고 계셨는데, 그분은 부유한 집안 출신의 포병 장교와 결혼했다. 이모할머니 또한 임시로 당신의 딸을 집에 받아들이셨는데, 당연히 여군이었고 이미 세 아이의 어머니였던 그 딸은 알제리에 있는 남편과 합류할 채비를 하고 있었다. 나는 그때 궤도가 장착된 기계식 장난감 탱크 하나를 받았는데(아마도 내 생일 선물로 받았으리라. 어쨌거나 당시 나는 겨우 세 살이었다.) 이 장난감 탱크는 진로를 막으려고 앞에다 그림책을 가져다 놓으면 그림책 위로 기어 올라가면서 불을 내뿜곤 했다. 내 일가친척 전체는 직업군인이었다. (할아버지만 예외인데, 할아버지마저도 제1차 세계대전 중, 그리고 그 이전에도 몇 년에 걸쳐 직업

군인의 가능성을 타진하셨다. 아버지 또한 예외인데, 청년기에 군대에 재편성되어 어쨌거나 1940년에는 군대에 동원되셨다.) 따라서 베트남의 디엔 비엔 푸에서 1939년부터 내 눈에 그분들은 끊임없이 프랑스의 역사를 일종의 가족사로 변형시키곤 했다. 이렇게 말하고 나니, 내가 내 세대에서는 남자형제들 중 장남이고 군인이 되지 않은 거의 유일한 사람이지만, 나는 또한 알제리전쟁을 경험한 유일한 사람이기도 하다는 사실이 떠오른다. 모두가 약간이나마 인도주의에 특화된 직업 전사들인 내 사촌이나 육촌 형제들의 눈에는, 예전에 내가 그 아이러니를 맛보았지만 오늘날에는 시사성을 잃어버린 어떤 역설로 인해, 한동안 내가 퇴역 군인처럼 여겨졌다. 이른바 지식인이고, 전복적인 인물로 여겨진 내가.

우리는 제2차 세계대전 이전의 일요일에는 종종 생-모르(Saint-Maur) 공원에 갔다. 지금 오페라(Opéra) 자리에 있던 바스티유(Bastille) 역에서 기차를 탔다. 우리는 할머니의 여동생 집에 갔다. 이모할머니는 단연 가족 중에서 가장 부유하셨고, 내 눈에 엄청나게 거대해 보였던 공원으로 둘러싸인 웅장한 집에서 살고 계셨다. 생-모르 공원은 내게는 이모할머니의 공원이었다. 부모님이 간직하고 계셔서 우리가 종종 함께 보곤 했던 사진 몇 장 덕분에 이 저택과 정원의 잔디가 계속 생각났다. 그러나 내게는 오늘날까지 이미지 두 개만 마음에 남아 있다. 첫 번째는 욕실을 찍은 사진인데, 여기서 나는 가정부가 내게 끼얹은 샤워기 물줄기를 맞으면서 숨 막혀 죽는 줄 알았다. 현대적인 가정생활을 처음 접한 경험——우리 집에서는 목욕을 목욕통에서 했다—— 때문에 나는 공포에 사로잡혔고, 아마도 내게 물에 대한 공포가 생겨났던 것 같은데, 나는 지금까지도 그 공포에서 완전하게 벗어나지 못했다. 두 번째는 푸조(Peugeot) 자동차, 그리고 공원 한구석에 이 자동차를 주차해 놓은 차고의 사진이다. 나는 차고의 휘발유 냄새에는 기분이 좋았지만, 자동차 문을 반쯤 열면 나오는 뜨겁고 들척지근한 냄새에는 멀미가 났다. 나는 마른(Marne) 강 기슭을 따라 걸었던 조심스럽고 느릿느릿한 산책에 대한 흐릿한 기억 또한 간직하고 있다. (그때 막 운전을 배우고 계셨던 이모할머니의 운전 솜씨를 아무도 믿지 못했던 것 같다.) 이 모든 인상은 1939년 초, 아니면 1938년까지 거슬러 올라간다.

1939년 전에는 모든 게 다 흐릿하다. 지명 세 개, 냄새 하나, 이미지 하나가 내게 남아 있다. 제2차 세계대전 이전에 부모님은 대서양 연안의 샤틀레용과, 망쉬(Manche) 지방의 리옹-쉬르-메르(Lion-sur-Mer)에서 여름휴가를 보내곤 했다. 이 해변 중 하나에서, 나도 정확히는 모르겠지만, 마시멜로나 캐러멜을 입힌 프랄린(praline)과 같이 달콤한 냄새가 나는 사탕과자를 팔곤 했다. 내가 이 사탕과자를 다시 찾아낸다면, 나는 내 유년시절의 주요 부분을 복원할 수 있다고 확신한다. 그러나 나

는 이 사탕과자를 온전하게 되찾은 적이 한 번도 없다. 이 과자
를 붙잡으려고 노력할 때마다, 혀끝에 걸린 잊어버린 단어를 떠
올릴 때처럼 제과점이나 장터 축제에서 내가 드디어 이 과자에
접근했다고 생각할 때면, 사탕과자는 나를 벗어나 내 기억의 더
깊숙한 곳으로 가라앉아버리곤 했다. 좌절한 프루스트였던 나
는, 아마도 조리법이나 향료의 변화 때문에 내가 실망하는 것
이라고 혼잣말을 하면서 내 마음을 달랜다. 세 번째 지명인 샹
티이(Chantilly)는 이 말을 발음할 때의 부드러움과 이 이름이
환기시키는 모든 것, 즉 시골, 크림, 숲, 꽃 때문에 나를 매혹시
켰지만, 여기서 일어났고 사람들이 오랫동안 지속적으로 내게
상기시킨 일화 역시 나를 매혹시켰다. 내 할아버지는 작은 시트
로엥(Citroën) 자동차를 갖고 계셨는데, 이 차는 괴상망측한
접이식 무개차(無蓋車) 중 하나였고 옛날 자동차가 행렬하는
행사가 열리면 아직도 볼 수 있는 차다.

어떤 일요일에 할머니, 할아버지는 드라이브에 나를 데리
고 가셨다. 그러다가 샹티이 근방에서 잠시 차를 세우셨고, 다
시 출발하려고 하셨을 때 내가 운전대를 잡겠다고 소란을 피웠
다. 이 모든 일은 1938년 여름 중에 일어났을 것이고, 따라서
나는 그때 세 살도 되지 않았다. 이 에피소드는 내가 너무 많이
들었기 때문에 시간이 지나면서 아마 이 기억을 재가공했을지
도 모르지만, 내가 도저히 지어낼 수 없는 것이 하나 있다. 차가
정차해 있던 도로 가에 끝도 없이 피어 있던 개양귀비 꽃 풍경

에 내가 황홀하게 빠져들었다는 사실이 그것이다. 이 스펙터클은 내게 최초의 미적 경험을 불러 일으켰다. 선명한 색채와 눈부신 빛과 끝없는 움직임이 그것인데, 방금 끝없는 움직임이라고 말한 것은 가벼운 꽃인 개양귀비 꽃이 밀밭을 물결치게 하는 산들바람에 가볍게 흔들리고 있었기 때문이다. 이 풍경은 항상 내 안에 있던 떠남의 생각을 자극했고, 운전대를 잡겠다는 성마른 욕망은 아마도 이 생각의 첫 표현이었을 것이다. 열여덟 살 때 내가 『잃어버린 시간을 찾아서』[18]를 읽기 시작했을 때, 나는 다음의 구절을 보았다. 소설 속의 산책자는 갑자기 강변에서 약간 떨어져 물 밖에 나온 작은 배를 보면서, 밀밭 낮은 쪽의 경사면에 펼쳐진 시든 개양귀비 꽃의 풍경을 보고 "바다다!"라고 소리치고 싶은 것과 비슷한 감정이 생긴다. 이 구절 때문에 일-드-프랑스(Île-de-France)의 도로 가에서 생겨난 이 환한 이미지가 내 안에서 떠올랐고, 이 도로 가에서 나는 난생처음으로 달아나고 싶은 절박한 욕구를 느꼈던 것이다.

겨우 몇 달 전에 나는 이렇게 매일 밤 어떤 지점을 찾는 작업에 즐겁게 착수했는데, (이 불확실한 흔적의 유희에서 아무

---

18 마르셀 프루스트(Marcel Proust), 『잃어버린 시간을 찾아서』(*À la recherche du temps perdu*), 파리: 베르나르 그라세(Bernard Grasset) 출판사 및 갈리마르 (Gallimard) 출판사, 1913~1927.

도 나를 인도해줄 수 없게 된 이후에는 이마저도 포기했지만)
이 지점을 넘어서면 내 의식마저 사라져서 내가 전혀 존재하지
않았다고 느꼈을 것이다. 이렇게 시간 속으로 느릿느릿 거슬러
올라가는 작업은 모험 여행의 어떤 것, 항상 실패로 끝나지만
매번 다시 시작되는 탐험의 어떤 것과 유사했다. 나일 강이나
아마존의 근원으로 거슬러 올라가는 것이 아니라, 죽음의 반대
편 경계[아득한 유년시절]로 거슬러 올라가는 탐험.

인사를 드리려고 어머니에게 들렀던 날 밤에, 어머니는 나를 향해 눈을 들 기력도 없어 보이셨다. 마치 눈이 너무 무겁고 너무 많은 고통이 가득 차 있었던 것처럼. 여기에 약간의 가장(假裝)도 없지는 않았는데, 물론 아무 말도 하지 않으셨지만, 내가 지난 오륙 일 이후 자주 들르지 않았다는 것을 강조하기 위해서였다. 다행히 나는 치료법을 알고 있었다. 내가 다음 날 점심을 먹으러 오겠다고 말씀드리자마자 어머니 얼굴에 미소가 번졌다. 어머니는 마법에 걸린 것처럼 활력을 되찾고 지난주의 대화를 이어갔다. "네가 물어본 것을 생각해봤다. 1937년에 우리는 프와티에(Poitiers)에 살았고 샤틀레용에서 여름휴가를 보냈지. 샤틀레용에 다시 간 것은 1939년 8월이야. 전쟁이 터지기 바로 전이지. 따라서 리옹-쉬르-메르는 1938년 여름이었어."

그리고 내 최초의 기억 중 하나의 연대를 확실히 알게 되어서 나는 영문도 모른 채 갑자기 행복해졌다. 다른 한편 기억

(souvenir)이라는 말은 단어가 아니라 오히려 흔적이다. 리옹-쉬르-메르라는 이름 속에 숨어들기 이전에 예전에 나를 스쳐간 느낌의 흔적. 그 아이마저 이제는 시간의 밤 속으로 사라진, 모르는 아이의 서투른 손이 장터 축제에서 놓쳐버린 풍선처럼, 내 기억 속에 아직 떠돌고 있는 느낌의 흔적.

내가 옛날 영화, 특히 미국 영화에서 좋아하는 것은 (비록 꽤
많은 영화가 탁월하지만) 영화 그 자체라기보다는 배우들이다.
내가 이 배우들에게서 매번 다시 발견하는 것은, 이들이 언제나
변하지 않고 신이나 여신처럼 아름다우며, 어쨌거나 표현력이
풍부하고 강렬하며, 미덕이나 악덕, 용기와 비열함—물론 대개
는 미덕과 용기 둘 다—을 구현하고 있다는 점이다. 이들의 얼
굴에는 주름살이 끼지 않는다. 이들은 우리가 젊었을 때 처음
본 이미지 그대로 남아 있다. 제임스 스튜어트와 킴 노박, 험프
리 보가트와 로렌 바칼, 잉그리드 버그만, 존 웨인과 모린 오하
라, 로버트 미첨과 마릴린 먼로, 몽고메리 클리프트, 클락 게이
블과 비비언 리, 스펜서 트레이시와 캐서린 헵번, 엘리자베스 테
일러와 리처드 버턴, 헨리 폰다, 리처드 위드마크, 진 티어니, 리
타 헤이워드, 오슨 웰스, 에롤 플린, 버트 랭커스터, 캐리 그랜트,
바버라 스탠윅, 게리 쿠퍼, 커크 더글러스, 글렌 포드, 에드워

드 G. 로빈슨, 폴 뉴먼과 로버트 레드포드, 진 켈리와 시드 채리스, 프레드 애스테어와 진저 로저스, 그리고 다른 많은 사람, 또한 온갖 탁월한 조역(월터 브레넌…)과 온갖 탁월한 B급 누아르 영화. 영원한 젊음.

내가 영화관의 스크린에서 보는 사람들은 나보다 더 크다. 마치 내가 어렸을 때 어른들을 보는 것 같다. 영화는 우리에게 아이들의 시각을 되돌려준다. 내가 비디오테이프나 DVD를 보기 싫어하는 것은 우선 화면의 크기 때문이다. 『잃어버린 시간을 찾아서』의 화자는, 유년시절의 장소들로 되돌아갔을 때 이 장소들이 자기 기억 속의 크기에 비해 현저하게 작고 위축되어 있다는 것을 발견한다. 영화는 이보다는 실망이 덜하다. 물론 영화관에 가는 성인은 성장했지만, 앉아 있는 관객의 위치는 그가 아이였을 때의 높이와 거의 비슷하다. 거대한 화면 앞에서 관객은 자신이 오래전에 발견한 영화의 변하지 않은 이미지들을 다시 확인하면서, 별다른 위험 없이도 자기 시선의 정확성을 시험해볼 수 있다.

내 부모님, 조부모님, 이제는 돌아가신 우리 집안의 다른 식구들을 생각하면, 내게 맨 처음 떠오르는 이미지는 청년의 이미지다. 나는 내 청년 시절에 대해, 따라서 내가 청년 시절에 상대적으로 본 그들의 청년 시절에 대해 말하는 것이다. 즉 예순

살이나 예순다섯 살 때쯤의 할아버지, 서른 살이나 서른다섯 살쯤의 아버지나 어머니가 그렇다. 나는 드물지만 몇 번 아버지 꿈을 꾸었다. 그러나 그때마다 아버지는 자연스럽고 젊고 친절한 모습으로 나타났다. 마치 우리가 전혀 떨어져 살지 않은 것처럼, 마치 내가 전혀 늙지 않은 것처럼, 마치 우리가 한 번도 싸우지 않은 것처럼. 내 안의 다른 나는 꿈속에서도 내가 꿈을 꾸고 있는 것을 알았지만, 그는 아주 옛날부터 그곳에 있었다. 그는 기억과 영화의 아름다움을 갖고 있었다. 물론 내게는 다른 이미지, 즉 병들고 늙고 죽은 아버지의 이미지가 있다. 그러나 젊음의 이미지가 거의 항상 맨 처음으로 나온다.

영화의 기적은, 내가 그 이미지를 상상하지 않고 본다는 것이다. 이삼 년 전 어느 날 밤에 텔레비전에서 오드리 헵번에 대한 다큐멘터리가 상영되었다. 꽤나 젊어 보이고 흰 머리와 아직도 검은 눈썹을 갖고 있는 그레고리 펙이 나와서 오드리 헵번(1929~1993)이 얼마나 매력적이었는지를 설명했다. 이 다큐멘터리는 비교적 최근에 만든 것이다. 그레고리 펙(1916~2003)은 이미 한참 전에 죽었다. 마치 그가 그녀보다 연하이기라도 한 것처럼, 이미 죽고 없는 죽은 여자에 대해 아직 살아서 말하는 죽은 남자의 이미지는 약간 기이했다. 그러나 몇 분 후 <로마의 휴일>[19]을 떠올리면, 당신은 늙은 그레고리 펙과 병든 오드리

---

19 윌리엄 와일러(William Wyler), <로마의 휴일>(*Roman Holiday*), 1952, 미국, 118분.

헵번의 기력 없는 얼굴을 즉시 잊어버릴 것이다. 이 영화에서 이들 두 사람은 젊고 생기발랄했으며, 하나의 정확한 기억으로서가 아니라 현재 속에 삽입된 과거의 단편으로서 거기 있었다. 자기 고유의 과거, 자기 고유의 미래를 가진 살아 있는 과거. 이 영화의 시작부터 또 다른 시간성이 어쩔 수 없이 당신을 장악할 것이다. 코르네이유적인 이 두 주인공이 체념한 채 의식적으로, 사라지는 자신들의 현재를 하나의 추억으로 만드는 데 전념할 때, 당신이 속속들이 알고 있는 이야기의 시간성이지만 어쨌거나 당신을 사로잡고 마지막 장면까지 당신을 놓아주지 않는 시간성.

똑같은 영화를 몇 년 후 다시 보는 사람의 눈에 모든 영화는 일종의 긴 플래시백이다. 어떤 영화를 다시 본다는 것은 현재의 선명함을 그대로 간직하고 있는 과거를 되찾는 것이다.

배우들은 늙는다. 가끔은 눈에 띄게 늙는다. <대부>[20]나 <지옥의 묵시록>[21]의 말론 브란도는 <혁명아 자파타>[22]의 말론 브란도와 별 관계가 없는 것 같다. 그러나 이 두 말론 브란도가 연기한 배역 중 어떤 것도 다른 배역에 영향을 주지 않는다.

---

20 프랜시스 포드 코폴라(Francis Ford Coppola), <대부>(*The Godfather*), 1972, 미국, 175분.

21 프랜시스 포드 코폴라(Francis Ford Coppola), <지옥의 묵시록>(*Apocalypse Now*), 1979, 미국, 147분.

22 엘리아 카잔(Elia Kazan), <혁명아 자파타>(*Viva Zapata*), 1952, 미국, 113분.

배우들의 경력에 대한 전문화된 연구들이 있을 수도 있다. 배우들 중 누구는 잘 늙거나 잘못 늙었고, 자기 나이에 적합한 역할을 맡았다고, 또는 그렇지 못했다고 평가할 수 있을 것이다. 텔레비전에서는 가장 명성 있는 배우들, 이들의 일생, 이들의 사랑과 이들의 마지막 날 등의 '전설'을 얘기해주는 수많은 다큐멘터리가 방영된다. 그러나 어떤 영화를 관람하는 관객은, 플롯과 등장인물을 뒤섞어서 그 영화가 강제하는 시간성 속으로 단번에 몰입해 들어간다. 배우들은 아무 탈 없이 늙어가는데, 이들은 항상 자기 배역에 맞는 나이를 갖고 있기 때문이다. 이와 반대로, 등장인물들 자체는 변하지 않고, 그레타 가르보의 예에서도 알 수 있듯이, 일정 나이가 지나면 더 이상 연기하는 않는 몇몇 여성 스타는 결국 관객이 자신들에 대해 품고 있는 이미지를 그쪽으로 간직하겠다는 생각이 틀렸다는 것을 알게 된다. 그 이미지는 스타의 이미지가 아니라 자신이 맡은 배역의 이미지다. 어떤 배역이든 독자적이며 시간의 법칙에서 벗어난다.

영화의 기적은, 관객인 우리는 늙어가는데도 젊음을 간직한 등장인물의 물리적인 확실성을 우리에게 강제한다는 것이다. 배역을 맡았던 배우들이 죽고 이렇게 해서 그들 중 몇몇이 항상 꿈꿔왔던 것, 즉 생물학적 시간의 침식에서 결정적으로 벗어난 등장인물이 되었을 때보다 배우가 더 젊을 때는 없다. 그러나 이 보존된 젊음은 우리에게 어떤 향수도 불러일으키지 않는다. 그 젊음은 우리의 젊음을 간직하고 불변의 이미지들을 부활시키며 우리가 예전에 존재했다는 증거를 우리에게 제시하지만, 흘러가는 시간을 의식하게 되면 우리는 오히려 그 반대의 증거를 받아들이는 경향이 있다. 즉 날이 갈수록 우리가 분해되어서 이윽고 아무것도 남지 않을 거라는 느낌, 우리보다 나이가 더 많은 사람들의 기억 속에서 한동안 떠돌다가 이후에는 이들과 함께 망각 속에 잠겨버릴 기억의 잔재가 될 거라는 느낌이 그것이다.

어머니는 갑자기 피로해져서, 또한 과거를 떠올리면서 약간은 길을 잃은 채 마치 우리 둘 다 이 에피소드를 겪었던 것처럼 내가 태어나기 이전의 에피소드를 언급했을 때, 나는 약간 무뚝뚝하게 한두 번 어머니의 말을 끊었다. "그렇지만 어머니는 아버지에 대해, 어머니 남편에 대해 말씀하고 계시다구요. 엄마, 생각 좀 해봐요!" "네 말이 맞다." 몇 초간 침묵한 후, 어머니는 동요하지는 않은 채 이렇게 말씀하셨다. 그러나 나는 아버지가 두 번째로 죽었고 내가 결정적으로 아버지의 자리를 차지했다고 느꼈다. 그 정체성의 대체는 가상적인 근친상간의 흔적 때문에 나를 괴롭힌 것은 아니다. 더 이상 내가 부친 살해를 실행할 시간이 아니었기 때문이다. 즉 [마음속에서] 내가 마지막으로 내 불쌍한 아버지를 죽였던 것은 몇 년 전이기 때문이다. 당시 나는 돌아가셨을 때의 아버지와 같은 나이를 먹게 되고 이후 그 나이를 넘어서게 되면서, 내가 어떤 의미에서는 아버지보다 나이가 더 많은 사람이 되었을 때다. 그 정체성의 대체로 인해 내가 괴로웠던 이유는 이보다는 오히려, 어머니가 나를 내 탄생의 저쪽으로, 어머니가 나를 임신했다고 생각하던 때의 무(無) 속으로, 작고한 아버지의 그림자와 뒤섞인 그림자, 제 시간이 되기 전에 나타난 유령, 죽어서 태어난 아기로 되돌려 보냈기 때문이다.

<카사블랑카>의 기원에는 더 이상 아무도 거론하지 않는 희곡 작품이 있다.[23] 영화는 온갖 문학 장르를 각색했다. 서사시, 설화, 고대의 이야기, 성경, 셰익스피어, 그리고 여기에 스탕달에서 톨스토이까지, 알렉상드르 뒤마에서 토마스 만까지, 빅토르 위고에서 헤밍웨이나 파스테르나크까지에 이르는 온갖 다양한 소설이 포함된다. 그렇다고 영화가 본질적으로 각색의 예술인 것은 아니고, 수많은 중요한 영화들이 창작 시나리오에 기반을 두고 있다. 다른 한편, 특수한 영화 장르들이 생겨났다. 즉 탐정 소설이나 연극의 희곡들이 영화로 각색되었지만, 탐정 영화나 뮤지컬 코미디는 본래적 창작[오리지널 시나리오]이 빛내준 진

---

23 영화 <카사블랑카>는, 물론 각색 과정에서 완전히 다른 작품으로 태어나긴 했지만, 본래 머리 버넷(Murray Burnett)과 조앤 앨리슨(Joan Alison)의 희곡 <모두가 릭의 카페에 간다>(*Everybody Comes to Rick's*)를 각색한 영화다.

정한 장르다. '서부 영화' 장르의 경우 실제로 각색에 의존한 적이 거의 없다.

제7의 예술[영화]의 본질을 명확히 하기 위해서는, 모든 문학 장르 및 드라마 장르가 영화로 각색될 수 있지만, 그 역은 불가능하다는 사실을 덧붙이지 않으면 안 된다. 영화는 존재하는 모든 내러티브 양태를 자기 것으로 만들지만, 어떤 것도 되돌려 보내지 않는다. 어떤 희곡 작품도, 어떤 소설도 어떤 영화에서 영감을 받지는 않았다. 최근 '소설' 시장에 올려놓을 목적으로 영화 시나리오에서 출발해서 시작한 몇몇 전망 없는 시도가 있기는 했지만, 이 하위 문학은 성공하지 못했다.

따라서 영화는 엄청나게 거대한 세계이며, 온갖 문학적 흐름이 되돌아올 희망 없이 영화 속으로 몸을 던진다. 영화는 또한 가장 대중적인 예술이며, 수백만의 관객에게 자기 주인공의 이미지와 얼굴을 강요하는 예술이어서 소설 독자가 마음속으로 상상한 특징들을 자기 배우의 흔적으로 대체할 지경에 이른다. 아마도 오늘날에는 더크 보가르드(Dirk Bogarde)[24]를 생각하지 않고서 [토마스 만의 소설] 『베네치아에서의 죽음』을 다시 읽기는 힘들며, 잉그리드 버그만과 게리 쿠퍼[25]를 생각하

---

24 루키노 비스콘티(Luchino Visconti), <베네치아에서의 죽음>(*Morte a Venizia*), 1971, 이탈리아, 130분. 더크 보가르드는 이 영화의 주인공 역을 맡았다.

25 샘 우드(Sam Wood), <누구를 위하여 종을 울리나?>(*To Whom the Bell Tolls*), 1943, 미국, 170분. 게리 쿠퍼와 잉그리드 버그만은 이 영화의 남녀 주인공 역을 맡았다.

지 않고서 [헤밍웨이의 소설] 『누구를 위하여 종을 울리나?』를 다시 읽기는 힘들 것이다.

따라서 가장 다양한 온갖 표현 형식을 자기에게 끌어들일 수 있고 이들 중 어떤 것에 의해서도 포획되지 않는 제7의 예술의 비밀은 무엇일까? 영화가 가진 흡인력(force d'attraction)의 비밀은 무엇일까?

내 생각에 이 비밀을 찾아야 한다면, 고독을 형상화시킬 수 있는 영화의 특별한 능력 쪽에서 찾아야 할 것 같다. 고독을 형상화한다는 것은 고독에 형상(visage)을 부여하고 또 이와 동시에 고독을 장면으로 바꾸는 것이다. 영화는 고독의 예술인데, 이는 주요한 몇몇 영화 작품에서 고독한 개인이 주된 등장인물로 나오기 때문이 아니라, 영화의 온갖 기술적 수단들이 서로 협력해서 '고독을 형상화하기' 때문이다.

영화는 세 가지 응시의 조합이다. 감독의 의지에 복종하는 카메라의 시선, 카메라가 '주관적일' 때 카메라의 시선과 합쳐지게 되는 주인공의 시선, 마지막으로 상영 시간 내내 위의 두 시선을 떠맡게 되는 관객의 시선이 그것이다. 역설적으로 다른 두 시선에 종속된 이 마지막 시선, 즉 관객의 시선은 카메라의 시선에 의해 인도되거나 인도되지 않거나 또는 주인공의 시선과 일치되거나 일치되지 않거나에 따라 영화를 만들어내기도 하고 영화를 무너뜨리기도 한다.

거의 대부분의 영화에 거의 한결같이 주인공이 나오기 때문에 관객은 주인공에게서 눈을 뗄 수 없다. 주인공과의 동일시는, 현실적이든 가상적이든 어떤 지식도 필요하지 않은 식별 효과(effet de reconnaissance)를 거쳐 이루어진다. 이 식별은 즉각적으로 행해진다. 즉 본성상 관대하게 이루어지는 식별은 단번에 등장인물과 일치되고, 그의 과거에 드리운 신비에 의해 경우에 따라 커지기도 한다.

영화적 동일시는, 우리가 소설을 읽을 때 작용하는 동일시와 다르다. 영화에서는 이미지가 동일시보다 선행하며, 더욱이 이 이미지는 실제 몸의 이미지다. 영화 이미지는 모호한 정신적 이미지가 아니다. 아무리 함축적이고 집요하게 이루어진다고 해도 정신적 이미지는 쓰기와 읽기라는 이 중의 필터로 걸러진 것이다. 게다가 여기에 한 영화의 관객은 등장인물보다는 상황에 더 동일시된다는 것을 덧붙여야 한다. 모든 영화 예술은 상황을 장면으로 옮기는 것이고, 이 상황은 공간적이면서도 시간적이라는 공통점을 갖고 있다. 이는 마치 떠남과 도착이라는 두 가지 모범적 형상이 공간적이면서도 시간적인 것과 같은데, 떠남과 도착은 각기 도주와 귀환, 이별과 만남이라는 변이형을 갖고 있다. 이 각자의 상황은 각기 근접화면(얼굴, 표정, 시선 등에 대한 클로즈업)과 롱숏, 즉 몸이 실루엣으로 바뀌어가는 점진적인 또는 갑작스런 거리두기로 표현된다. 근접화면과 롱숏의 교체는 관객에게, 그가 자기 자신의 이미지와 맺는 관계를 떠올리지 않을 수 없게 하는데, 자신의 현재[근접화면]에 의미를 부여하기 위해 자신의 과거[롱숏]에 질문할 때가 그렇지 않을까?

몇 년의 간격을 두고 어떤 소설을 다시 읽으면 이전의 독해와 전혀 다른 인상과 해석이 생겨날 수 있다. 독자는 늘 어느 정도는 그가 읽거나 다시 읽는 소설의 저자이기도 하다. 연극에서는 흔하게 동일한 희곡이 다른 연출, 다른 배우들로 재상연된다. 이때 관객에게는 바로 그 희곡, 나아가 바로 그 등장인물들에 대한 다른 해석이 제시된다. ('리메이크'의 경우를 별도로 둔다면) 영화는 전혀 그렇지 않다. 영화 애호가가 다시 발견하는 것은 항상 동일한 영화이며, 동일한 등장인물들, 동일한 배우들이다. 그가 다시 보는 영화가 그에게 '늙어 보인다'면, 흔히들 말하듯 사실상 관객 자신이 변한 것이다. 그는 더 이상 이전과 똑같은 취향이나 이전과 똑같은 풋풋함을 갖고 있지 않다. 아마도 시간과 경험이 더해지면서 관객의 비판적 감각이 예리해졌을 것이다. 그러나 관객의 실망에 배우들은 어떤 책임도 없다. 시나리오나 연출 또는 전반적 주제만이 문제가 된다. 이때 영화관에서는 두 개의 고독이 나타난다. 변화된 관객은, 자신이 그 영화를 처음으로 보았을 때의 자신의 옛 모습과 작별을 하고, 이때부터 관객에게 남는 것은, 자신이 더 이상 매혹되지 않는 등장인물과 운명을 같이 하는 것뿐이다. 그러나 관객이 이 배우를 다른 역할, 다른 영화에서 다시 찾을 수 없는 것은 아니다.

<카사블랑카>가 부정확하고 핍진성이 떨어져도 거의 늙지 않는 이유는, 떠남과 도착의 신화적인 장면들이 이 영화에

수도 없이 많기 때문이고 이들 장면들이 서로를 발생시키기 때문이다. 카사블랑카에 일사의 도착, 릭에게로 되돌아감, 과거와 파리로의 복귀, 역에서의 기다림, 떠남의 강박관념, 이별의 강박, 공항에서의 밤, 사랑에 빠진 여자와 되돌아온 [레지스탕스] 전사(戰士)의 지평에 있는 미국과 브라자빌(Brazzaville) 모두가 그렇다. 근접화면으로 나오는 얼굴들과 미광 속으로 사라지는 실루엣들의 교차, 도주하는 과거와 진행되는 미래의 교차, <세월이 흐르면>과 <라 마르세예즈>의 교차 또한 그렇다. 우리 상상력이 끝없이 다시 만들어내는 이 모든 장면과, 이 때문에 우리가 다시 볼 때 여전히 우리를 놀라게 하는 장면들.

영화는 [다른 관객과의] 만남의 기회임에 틀림없다. 이것이 내가 DVD를 별로 좋아하지 않는 또 다른 이유이기도 하다. 영화 한 편을 손에 쥐고 있다는 것은, 서재에 책 한 권을 갖고 있는 것처럼 만남의 기회를 없애는 것이고, 지나친 친숙성을 만드는 것이며, 반복과 포화의 위험을 감수하는 것이다. 멜로디가 상투적 후렴구로 바뀌면, 우리는 밀도 있는 현재를 만들어주는 과거의 매력과 미래의 욕망 둘 다를 잃게 된다.

비극의 주인공들에게 그런 것처럼, 영화의 주인공들에게도 증인이 필요하다. 영화의 조연 역할, 고전 비극의 심복이나 고대 비극의 코러스는 주인공의 여정에 몇몇 시선, 몇몇 대사, 몇몇 침묵으로 구두점을 찍는데, 이는 또한 논평의 기능을 하기도 한다. 이들은 전부 배우이면서 관객이고, 장면이나 스크린 상의 관객이기도 하다.

　서부 영화나 전쟁 영화에서 조역들은 특히 적절한 농담이나 잘못을 깨우치는 말로 분위기를 누그러뜨리는 역할을 한다. 즉, 몹시 불안한 상황에서 조역들은 이렇게, 아무리 강한 개인적 의지마저 무력해지는 사건 앞에서 그 불가피한 성격을 강조하면서 그 사건에 대해 한 걸음 물러선다. 이때 이들은 고대 비극의 코러스의 역할과 비슷해지게 되며, 마치 가장 비극적인 서부 영화에서 주인공의 마지막 결투를 적정한 거리에서 따라다니는, 말없고 소심한 군중들과 비슷해진다. <건 힐에서 온 마지

막 열차>[26]에서처럼 여주인공이 목숨을 걸고 대결하는 두 남자 모두를 사랑할 때는, 때로 한 여자가 운명의 무기력한 증인이 된다.

희극이나 멜로드라마의 조역은 대개는 주요 등장인물의 애정 관계에 증인 역할을 한다. 사랑에 빠진 사람들이 세상에 홀로 있다는 말은 옳은 말이 아니다. 가장 친한 친구나 카페의 주인 같은 타자의 시선은, 이들이 존재하고 현재가 존재하며 이들의 사랑이 존재한다는 것을 이들에게 입증해줄 필요가 있으며, 이 사랑의 기반이 취약해서 위기에 처하면 처할수록 이런 증언은 더욱더 필수불가결한 것이 된다.

조역은 이렇게 운명의 수동적 증인이며 이야기의 능동적 도구다. 왜냐하면 이야기는 조역의 시선 속에서 장면으로 옮겨지기 때문이고, 십중팔구 조역이 우리에게 몇몇 디테일을 전해주기 때문인데, 이런 디테일들을 둘러싸고 드라마가 짜이며 이야기가 구축되게 된다.

<카사블랑카>의 샘은 모범적인 조역이다. 그는 (노래할 때 빼고는) 거의 말을 하지 않는다. 1940년대 미국의 흑인으로서 그는 자기 사장을 어디든 따라다니지만, 릭의 말상대는 아니다. 그는 단지 모든 것을 다 보고, 모든 것을 다 듣고, 모든 것을

---

26 존 스터지스(John Sturges), <건 힐에서 온 마지막 열차>(*Last Train from Gun Hill*), 1959, 미국, 95분.

다 이해할 뿐이고, 피아니스트로서의 재능이 있어서 과거를 되살릴 수 있는 힘이 있다. "그 노래를 연주해주세요, 샘!" 샘이 릭의 금지를 위반하고 일사의 요구에 굴복해서 <세월이 흐르면>을 다시 연주할 때, 그는 그들 두 사람을 자기들의 이야기로 되돌려 보낸다. 따라서 이들의 이야기를 우리에게 말해줄 필요가 생긴다. 즉 이것이 플래시백의 순간, 즉 현재와 결합된 과거이고, 샘과 멜로디는 그 표현 수단이 된다.

샘은 외로움 자체다. 그는 자기 사장이 자기 삶을 다시 살려고 결심하는 순간 사라진다. 다행스럽게도 릭은 좌파 사장이고, 샘에게 또 다른 고용주를 찾아주려고 애쓴다. 그러나 릭이 삶을 바꿀 때, 그는 또한 동반자도 바꾸고 새로운 전우와 길을 떠난다. 샘은 한순간의 증인이었을 뿐이고, 이 순간이 지나자 그가 증언할 수 있거나 증언해야 하는 것은 아무것도 없다.

샘이 사라지는 것은 그의 고독을 보여주고, 간접적으로는 옛 연인들의 고독을 보여주는데, 그는 여기서 더 이상 증인이 아니다. 그러나 샘은 또한 모든 다음과 같은 사람의 본질적인 고독을 구현하고 있다. 즉 자신들이 필요한 이야기에 한순간 개입했다가 이야기가 끝나거나 변형되자마자 할 일이 없어진 사람들의 고독이다. 이제는 쓸모없어진 과거의 전사, 모험에서 물러난 사람, 온갖 종류의 실패에서 벗어난 사람, 도망가는 사랑이나 배신당한 우정에서 벗어난 사람 등이기도 한 우리 모두는 이런저런 날에 우리 삶이 달랐을지 모른다는 감정을 갖고 있지

만, 삶은 계속된다. 그날그날의 기분에 따라 우리는 그때 아주
자유롭다고 느끼거나 매우 외롭다고 느낀다.

어떤 것도 흑백의 대립만큼 선명하지는 않다. 영화에서 흑백은 빛의 원천이다. 흑백 영화는 온갖 무한한 뉘앙스로 굴절되는 자기만의 지배적인 음조를 갖고 있다. 릭이 자기 방에 들어가서 불을 켤 때 그는 방에서 일사를 발견하는데, 그녀는 창 앞에 서서 카사블랑카의 밤을 보고 있다. 일사는 릭 쪽으로 몸을 돌리는데, 그녀의 얼굴은 아직 어둠 속에 있다. 우리는 릭의 관점으로 일사를 본다. 릭도, 우리도, 일사의 출현을 결코 잊지 못할 것이다. 릭에게도, 우리에게도, 비현실적이든 우리 앞에 확실하게 존재하든 그녀는 이미 추억이다.

한 개인의 역사가 크든 작든 극적 사건(전쟁, 총파업, 혁명…)을 계기로, 한마디로 역사 그 자체와 만날 때, 이 개인은 훨씬 더 주의 깊게 살기 시작한다. 매 순간이 중요하고, 모든 것이 기호가 되며, 더 이상 어떤 것도 하찮지 않다. 이것이 공포와 희망이 가득 찬 이런 순간의 역설이다. 즉 이런 순간은 일상의 단조로움을 제거하고, 우울증을 몰아내고, 그 순간이 담지하고 있던 위협과 약속이 사라지고 난 이후에는 지워질 수 없는 방식으로 기억에 새겨지며, 그 순간을 살았던 사람들에게 엄청난 향수를 불러일으킨다. 마치 미래로 가득 찬 현재가 무엇보다도 기억의 약속이기라도 한 것처럼.

<카사블랑카>의 매력은, 이 영화가 그리는 시대를 겪은 사람들에게는 시간적 차원의 그 충돌에서 비롯된 것이다. 이 영화는 1942년에 나왔다. 이 영화가 기술하는 에피소드는 1941년에 일어난 것일 수밖에 없다. 등장인물들의 기대는 감독의 기

대, 이 영화 투자자들의 기대와 같다. 1942년에 미군이 카사블랑카에 상륙했다. 내 삼촌이 짧은 기간 상징적인 저항을 하기는 했지만 말이다. 1947년에 프랑스에서 개봉했을 때 이 영화는 이미 과거와 신화의 색채를 띠고 있었지만, 여전히 역사의 생기로 가득 차 있다.

내가 항상 영화나 <카사블랑카>에 대한 생각을 하는 것은 아니다. 그러나 내 생애의 다양한 굴곡들이 왜 아직도 나를 사로잡고 있는지는 모르지만, 오늘날 내가 이 굴곡들을 떠올릴 때면, 비록 픽션에 속한 것이지만 내 안에서 기억으로 살아남은 이 영화의 감동과 얼굴과 풍경을, 내 생애의 다양한 굴곡들과 결부시키게 된다.

분위기가 누그러진다. 추억의 큰 부분이 내 기억에서 떨어져 나와 이 추억을 이끌어가는 흐름에 맞춰 느릿느릿 표류한다. 나는 이 추억이 지나가는 것을 지켜본다. 나는 번갈아 한쪽의 바로크적 형태에 시선을 주었다가, 다른 쪽의 미세한 색채에 시선을 주었다가, 세 번째의 투명함에도 시선을 준다. 이렇게 해서 현재와도, 과거와도, 픽션과도 똑같은 거리를 둔 하나의 정신적 건축물이 세워지며, 나는 여기서 나를 발견한다.

인도차이나 전쟁이 발발했을 때 나는 아주 어렸다. 내게 떠오르는 기억은, 이삼 년 간격으로 두 차례에 걸쳐 우리가 삼촌을 부르제(Bourget) 공항에서 배웅을 했다는 것이고 여기서 삼촌은 비행기를 타고 기항지들을 거쳐 이틀간의 비행으로 사이공에 도착했다. 부르제 공항은 당시 너무 작아서 친근할 정도였다. 첫 출발 때 우리는 삼촌이 비행기에 탈 때까지 삼촌과 같이 있었다. 당시 나는 동양으로 가는 이 낭만적인 출발에 아주 민감하게 반응했다. 주변 사람들의 말은 삼촌이 [숙모의 죽음을] 잊기 위해 인도차이나 반도로 떠났다는 것이다. 온 집안이 그가 죽음을 만나러 간다고 생각했다. 실제로 그랬다면, 결과적으로 그는 죽음을 만나지 못했다. 오히려 내 생각에 삼촌이 인도차이나로 떠나는 것은 문자 그대로 '새로운 출발'이었고, 청소년이었던 내 눈에는 예측할 수 없는 새로운 모험이었다. 그는 내 유년 시절의 영웅이었고, 카사블랑카의 남자, 잠수함을 타고 프랑스를 해방시킨 남자였다. 그러나 그는 다시 한 번 [인도차이나] 전쟁에서 살아서 돌아왔고 여전히 젊고 잘생긴 청년이었지만, 재혼해서 돌아왔다. 그에게 새로운 역사가 시작된 것이다. 브르타뉴에서, 즉 그가 돌아오고 나서 함께 보낸 여름휴가 때 그는 나를 한두 번 오토바이에 태우고 사내들의 세계에서 술 한 잔을 마시러 갔다. 그는 내게 소심하다고, 여자들에게 겁먹을 필요가 없다고 충고했다. 이후 그는 군대를 떠났다. 그는 늙어갔고 나는 성장했다. 그러나 부르제 공항에서 그를 다시 우리로부터 멀리 태워 갈 야간 비행기가 이륙하기 전에, 나는 그에게 영원한 작별의 인사를 하고 있는 건 아닌지 걱정스러웠다.

1980년대 말쯤 나는 베트남과 캄보디아에 갔다. 여러 장소와 지명을 보고 삼촌이 떠올랐다. 다시 한 번 내 기억 속에서 우리 집안의 역사와 역사 그 자체가 상호 간섭을 했다. 내가 삼촌의 흔적을 따라갔고 또 삼촌 생각을 했다고 그에게 말했으면 좋았겠지만, 그때 그는 이미 이 세상에 없어서 내 말을 들을 수 없었다.

나는 몽파르나스 역(驛)을 좋아한다. 가끔은 별다른 목적 없이 그곳을 찾아간다. 나는 역에서 나는 냄새가 좋다. 물론 증기기관차의 시대가 지나간 이후 역에서 나는 냄새는 달라졌다. 역 또한 달라졌지만, 내가 마치 자취를 쫓는 개처럼, 번갈아서 고개를 숙이거나 고개를 치켜들고 플랫폼을 따라 몇 걸음 내딛으면, 예전의 기차역 냄새였던, 석탄 타는 냄새와 타르가 뒤섞인 가벼운 어떤 향내를 확인하게 되는 것 같다. 게다가 몽파르나스 역은 서쪽으로 가는 역[27]이고, 습관처럼 금방 없어져버리는 떠

---

[27] 2018년 현재 파리에는 7개의 기차역이 있다. 프랑스 남부 지방이나 남동부 지역으로 가는 리옹 역(Gare de Lyon), 프랑스 중부 지역이나 피레네 쪽으로 가는 오스테를리츠 역(Gare d'Austerlitz), 이탈리아 등으로 가는 베르시 역(Gare de Bercy), 프랑스 동부 지방과 독일 등으로 가는 동 역(Gare de l'Est), 프랑스 북부 지방이나 영국으로 가는 북 역(Gare du Nord), 노르망디 등으로 가는 생-라자르 역(Gare Saint-Lazare), 그리고 프랑스 서부나 남서부 지역으로 가는 몽파르나스 역(Gare Montparnasse)이 그것이다.

나고 싶은 욕망은, 바람 한 점만 불어도 하늘빛이 일렁거리기만 해도 항상 다시 살아난다. 다른 사람들이 강둑 위를 산책하듯이 나는 몽파르나스 역을 어슬렁거린다.

엄청나게 단순한 이름을 가진 두 거리가 몽파르나스 역을 에워싸고 있다. 벌써 꽤 오래전에 새로운 역사(驛舍)가 지어지며 엄청난 지각 변동이 있었음에도 불구하고 이 두 거리는 살아남았다. 한쪽에는 ['출발', '떠남'이란 뜻의] 데파르(Départ) 가(街), 다른 쪽에는 ['도착'이라는 뜻의] 아리베(Arrivée) 가가 그것이다. 전쟁 때 내 부모님은 저녁 기차 예약을 하고 표를 사려고 새벽 네다섯 시부터 데파르 가에서 줄을 서야 했다. 부모님이 번갈아가면서 줄을 섰는데, 때로는 아버지와, 때로는 어머니와 내가 함께 했다. 출발 시간이 오자 플랫폼을 따라 밤에 오랫동안 걸어야 했다. 브르타뉴로 가는 열차는 저녁 기차였다. 커튼을 완전히 치고 파란색 도료를 칠한 작은 등 하나만이 침대칸을 비추었고 잘 때는 이 허울뿐인 등마저도 완전히 꺼야 했다. 철로가 폭격으로 끊겨 있을 때면 기차는 허허벌판에 오랫동안 정차했고 임시로 복구한 선로 위에서 느리게 움직였다. 열세 시간이나 열네 시간 정도의 여행을 거친 후 우리는 비로소 목적지에 도착했다. 생-모르 공원의 이모할머니가 1940년에 살러 간집 근처에 사는 농가의 농부가 짐마차를 타고 우리를 기다리고 있었다. 그 농부의 이름은 글레마렉(Glémarec)이었고 챙이 넓은 브르타뉴 모자를 쓰고 있었다. 그가 끌고 온 늙은 말의 걸음으로 우리는 7킬로미터를 더 가야 했다.

릭이 결국 일사를 포기하고 프랑스 남쪽으로 가는 마지막 기차를 탄 역은 분명 영화사의 스튜디오였다. 그러나 두 주인공의 근접 과거로 우리를 인도하는 이 극적 플래시백의 끝에서 내가 온갖 파국과 기다림을 담고 있는 이 상징적 장소를 볼 때마다, 그 역의 이미지는 전쟁 기간 동안 몽파르나스 역 안이나 그 주변에서 보낸 오랜 시간들의 추억과 뒤섞인다. 나는 이 시간들을, 서쪽으로 가는 도피에 필수불가결한 조건으로 경험했다. 비록 독일군들이 브르타뉴 쪽을 점령했지만—피난 기간 동안 독일군들이 우리보다 먼저 렌에 이미 도착해 있었다!—, 1941년에 내가 본 시골과 마을은 자유와 번영의 안식처로 보였다. 그곳에서 버터와 굵은 소금에 절인 베이컨이 담긴 소포들이 삼사 주 간격으로 파리까지 배송되곤 했는데, 그 풍요의 땅은 내 눈에 신화적 차원을 가진 존재로 보였다. 브르타뉴 행 열차에 승차하기 전까지 겪은 육체적 시련—수 시간 동안 줄을 섰던 것, 바람 부는 플랫폼 위에서 밤중의 배회, 괜찮은 침대칸을 찾기 위한 노력, 계속 연착된 출발의 기다림—은 통과의례와 비슷한 어떤 것이 있었다. 내가 막연하게 느꼈던 것은, 우리가 피난 기간 동안 영영 갈 수 없었던 그 먼 장소에 가기 위해서는 기다림과 여행의 시련을 겪는 것이 불가피했으며 또 정상적인 것이었다는 점이다.

1980년대 모스크바에서 어느 날 저녁 나는 끝없는 기차

역 플랫폼에서 내가 탈 기차 칸을 찾다가 기이한 감정을 느꼈다. 나는 난생처음으로 모스크바에 막 도착했고 생 페테르부르크—당시 이름은 레닌그라드—로 떠날 참이었다. 갑자기 내가 40년 전 몽파르나스 역 플랫폼에 서 있다는 느낌이 들었다. 모든 일이 합심해서 이 일시적인 인상이 생겨났다는 점을 말하지 않으면 안 된다. 밤, 바람, 석탄과 연기 냄새, 증기기관차가 그랬다. 그리고 이보다 더 내밀하게는, 늦게 온 승객이라면 누구나 다음의 사실을 의식하게 되면서 조금씩 생겨나게 되는 막연한 불안이 있었다. 마치 악몽에서처럼, 사방에서 앞을 가로막는 군중과 걸음을 계속 늦추던 짐의 무게에도 불구하고, 그가 서두르지 않는다면 '자기 기차를 놓칠' 위험이 있다는 것이다. 긴급하다는 그 느낌이 다시 나를 도망자로 만들었다. 기차 안의 온기와 고맙게도 내가 대접받은 차가 위안을 주었지만, 어린 시절로 되돌아간 시간 또한 연장시켜 주었다. 옛날식 침대칸의 잘 닫힌 안식처에서 나는 예전처럼 몸을 움츠리고 이런저런 추억들을 생각하다가 잠이 들었다. 잠에서 깼을 때, 콧소리를 내는 스피커에서 승객들의 기분을 돋우려고 음악을 틀고 있었는데, 갑자기 달리다[28]의 가사가 울려 퍼졌다. (이것은 지어낸 이야기

---

[28] 달리다(Dalida, 1933~1987)는 이집트 출신의 가수이자 배우다. 여기서 인용되는 노래는 1961년에 발매된 그녀의 노래 <꽃들은 무엇이 되었을까?>(Que sont devenues les fleurs?)의 첫 구절로서, 전쟁으로 죽은 청년들을 애도하는 곡이다.

가 아니며, 쉽게 잊히는 일도 아니다.) "지나가는 시간의 꽃들
은 무엇이 되었을까? 지나가버린 시간의 꽃들은 무엇이 되었을
까?"

<카사블랑카>의 도입부에서 보이스오버 내레이션 목소리가 뉴스영화 아카이브와 지도를 보여주면서 1940년의 피난과 피난민들의 여정을 그려낸다. 이 피난민들은 리스본에서 비행기에 올라 미국으로 가기 위해 마르세이유와 [알제리의] 오랑(Oran)과 [모로코의] 카사블랑카를 거쳐 간다. 프랑스 지도 위로 파리에서 마르세유까지 실선 하나가 그려지고, 두꺼운 점선 하나가 지중해를 건너 오랑까지 그려진다. 그리고 마지막 지도에서 점선은 마침내 카사블랑카와 만난다. 피난과 오랑을 동시에 언급했다는 사실이 내 기억과 상상력을 자극한다. 군대 시절 동안 나는 두 번에 걸쳐 파케(Paquet) 회사의 배를 타고 마르세유-오랑 항로를 횡단했다. 3년 후 순전한 우연으로 나는 똑같은 배를 타고 '사하라 사막 이남의 아프리카'(Afrique noire)

로 갔고 카사블랑카에 들렀다.[29] 게다가 오랑에서 나는 또 다른 피난을 목격했다.

　나는 알제리에 사로잡힌 세대에 속한다. 알제리에 간 세대, 그러나 알제리에 가기 전부터 알제리를 떠나야 한다는 강박 속에 살았던 세대. 나는 알제리에서 꼬박 일 년을 보냈을 뿐이지만, 열두 달 내내 나의 군복무는 무엇인지, 알제리전쟁은 도대체 무엇인지 생각해내려고 애썼다. 나는 이 전쟁을 하고 싶지 않았지만, 우리 집안의 정신구조에 사로잡힌 포로였다. 그러나 나는 끝없이 이 정신구조를 거부했고 이것과 싸웠다. 제2차 세계대전의 영웅이었던 내 삼촌과 나는 한번은 주먹다짐을 할 뻔했다. 삼촌과 나는 이에 대해 얼마나 부끄러웠던가…. 내게는 탈영할 용기도, 탈영할 의욕도 없었지만, 탈영과 같은 급진적인 해결책을 구상한다는 점에서도 나는 또한 과도하게 우리 집안의 정신구조의 포로였다. 심지어 신경 질환으로 퇴역하겠다는 부드러운 해결책도 마찬가지였다. 나는 에콜 노르말에서 명목상으로만 필수 과목이었던 군사 기초교육 강의 수강을 즐겼고, 장교가 되기로 결심했다. 나는 침묵하면서 명령에 따르거나 가

---

29 인류학자로서 마르크 오제의 첫 연구는 서아프리카의 코트디부아르와 토고를 대상으로 이루어졌고, 이 연구 성과는 이후 『알라디안 연안』(1969), 『권력과 이데올로기의 이론』(1975), 『삶의 권력, 죽음의 권력』(1977) 등으로 출간되었다. 1965년에 오제는 처음으로 사하라 사막 이남의 아프리카로 인류학 현지 조사를 떠났는데, 여기서는 이 여정을 언급하고 있는 것 같다.

학적인 하사의 학대를 받는 것보다는, 장교로서 불복종하고 군사 법정에 서고 사열대의 맨 앞에서 총살당해 죽는 것—약간 첨언하자면 실제로 그랬다—을 더 쉽게 생각했던 것 같다. 학업이 내게 시간을 벌어주어서 입대했을 때 나는 스물여섯 살이 넘었지만, 내가 입대에 시간을 끌었던 것은 두려움 때문이 아니라—오히려 알제리에서 무슨 일이 벌어지고 있는지 가서 내 눈으로 보고 싶은 욕구 때문에 근질근질할 정도였다—, 혐오 때문이었고 인생을 낭비하고 어리석은 짓을 한다는 확신 때문이었다.

1962년 초에 우리가 탄 선박이 항구에 정박하기 위해 아침을 기다리면서 오랑의 정박지에서 꼼짝달싹 못 하게 되었을 때, 나와 내 동료들 몇 명은 상갑판의 난간에 오랫동안 팔꿈치를 괴고 있었다. 우리는 항구의 연안과 입구가 어디일까를 어림짐작해보고 있었다. 그것은 마치 서부 영화에서 인디언들이 공격해오기 전과 같은, 참 기이한 휴식의 순간이었다. 우리는 생각에 잠겨 있었고, 걱정하면서도 동시에 마음이 가벼워진 것 같았다. 어쨌거나 그것이 내 정신 상태였다. 오랑과 오랑 사람들은 방화와 살육으로 황폐화되고 있었지만, 알제리전쟁은 끝났다.

몇 주 후 오랑항에서 수천의 '알제리 태생의 프랑스인들'(pieds-noirs)이 스페인이나 프랑스로 가는 배를 타려고 기다리고 있었다. 거대한 임시 숙소가 즉석에서 만들어졌다. 우리

는 이 새로운 피난을 통제하려고 최선을 다했다. 우리 자신이
증인이었고 때로는 테러 행위의 표적이 되기도 했기 때문에, 우
리는 가슴에 OAS[30] 배지를 달고 있지 않았다. 우리가 도와주
려고 한 사람들 중 일부는 아마도 반란군이었다. 그러나 이 모
두는 가난한 사람들이었고(부자들은 이미 먼 곳에 있었다), 출
발의 희망 속에서 부두 위로 길게 늘어선 줄은 세상의 온갖 궁
핍을 보여주고 있었다.

지명의 마법. 유년시절 내내 나는 메르 엘-케비르(Mers
el-Kebir)에 대해 말하는 걸 들었다. 1940년에 메르 엘-케비
르에서 영국군이 프랑스 함대를 격침시켰다. 영국군은 프랑스
함대가 독일군에 합류할까 두려웠던 것이다. 그리고 사실 프랑
스군은 독일군과 전쟁을 계속하거나, 아니면 영국에 가서 군비
해제를 하라는 처칠의 최후통첩을 거부했다. 수많은 사람이 죽
었고, 페탱의 선전은 이 재앙을 이용했다. 우리 집안은 프랑스
왕립 해군이 모욕당하는 상황에 아주 민감했고, 나는 신의 없
는 영국인들에게 저주를 퍼붓는 소리를 들었던 것 같다. 이로부
터 22년 후—22년이 긴 시간은 아니다—, 나는 바로 그 항구
인 메르 엘 케비르에서 프랑스 전쟁 물자의 퇴거에 참여했다. 그

---

30 'Organisation de l'Armée secrète' 즉, '비밀군사조직'의 약자. 프랑스의 알제리
통제를 지원한 조직.

러나 모든 것은 어떤 종류의 문제도 없이 아주 조용하고 평화롭게 진행되었다. 내가 본 바에 의하면 이 장소는 아주 평범했다. 창고와 격납고, 그리고 물론 바다와 정박소가 있었다. 그러나 오랑의 절벽에서 본 것보다는 아름답지 않았다. 이 장소는 이름에 걸맞지 않았다.[31]

OAS가 꼼짝도 못 하게 된 후 우리는 오랑 서쪽에 있는 한 농가에 숙영하고 있었다. 우리 중대는 가끔 호위 임무를 담당했다. 그 짧은 나들이는 들판에서 보내는 우리 삶의 단조로움을 깨뜨렸기 때문에, 우리 모두 자발적으로 그 임무를 실행했다. 내가 시디 벨 아베스(Sidi Bel Abbès)에서 출발하는 대열의 호위 임무를 맡았을 때 나는 다른 소위들의 부러움을 샀다. 시디 벨 아베스는 또 다른 신비로운 이름이다. 그러나 이번에 내가 비록 그 장식을 깨뜨리는 데 일조하기는 했지만, 이 이름에는 신화다운 어떤 것이 남아 있었다. 나는 외인부대의 병영에 도착하면서 1930년대의 한 영화 속에 들어왔다는 인상을 받았다. 그 기이한 장소에서 내 에콜 노르말 동기생 중 하나를 만났을 때, 나는 더 어리둥절해졌다. 그는 라틴어 문헌학 전문가였는데, 이미 자신의 박사논문 작업을 하면서 외인부대의 소대 하나를 지휘하고 있었다. 그는 사치스럽게 살고 있었고 자기 방을 갖고 있었다. 그가 내게 그 장소들을 보여주었다. 얼핏 보기에 거대한

---

31 '메르 엘 케비르'(Mers el-Kebir)는 아랍어로 '위대한 항구'라는 뜻이다.

식당이 있었다. 그는 회식하는 장교 사이에서 내게 포도주 한
잔을 대접했는데, 그 임무가 직업이었던 소집병들이 아주 깔끔
하게 서비스를 했다. 나는 아주 깊은 인상을 받았고, 요컨대 내
자신이 촌뜨기처럼 느껴졌다. 그는 내게 외인부대를 지휘하는
것보다 쉬운 일은 없다고 말했다. 그들이 너무도 잘 복종한 나
머지 그들에게 명령을 내리는 일에 익숙해지게 된다는 것이다.
나는 내 트럭들 종대와 함께 오랑으로 출발했다. 저녁에 농가로
되돌아오면서 나는 내 가족을, 소박하지만 매혹적인 가족을 되
찾은 듯한 위안을 느꼈다.

어머니는 최근에 걷는 게 힘들어지셨지만 완고하게도 파리지엔느의 산책을 포기하지 않으셨다. 어머니는 파리의 버스 노선을 훤히 다 알고 계셨고, 힘이 모자랄 때면 갈 때나 돌아올 때 일부 구간만 걸어갈 수 있도록 스스로 조정하셨다. 파리에서 어머니가 움직이는 범위가 점차 줄어들었지만, 몽주(Monge) 가(街)의 슈퍼마켓이나 모베르 광장의 야외 시장에서 장 보는 일은 결코 포기하지 않으셨고, 스스로 몸의 균형을 잘 잡는다고 느끼실 때면 한 방향은 파리 시청까지, 다른 방향은 봉 마르셰(Bon Marché)까지 나가는 것도 포기하지 않으셨다. 그렇게 하면서, 어머니는 스스로 임박했다고 예측한 브르타뉴에서의 최후의 피난을 기다리면서 과거 우리에게 해방의 파리였던 이 도시의 구석구석을 끝없이 돌아다니셨다.

　해방 이후 이 내밀한 파리의 지도 한 장이 내 기억에 남아 있었는데, 이 내밀한 파리는 내 눈에는 항상 이 도시의 심장이

다. 1945년, 전쟁 내내 독일군 사령부가 점거하고 있었던 뤼트
티아(Lutetia) 호텔 앞에서 나는 여전히 줄무늬 옷을 입고서
강제 수용소에 끌려간 사람들이 트럭에서 내리는 것을 보았다.
전쟁은 이미 끝났다. 불과 몇 개월 전, 우리가 사는 곳 근처에 있
는 모베르 광장에서, 거리 쪽으로 나 있던, 반쯤 닫힌 창의 덧문
뒤에 숨어서 나는 항독의용군들(FFI)[32]이 라 몽타뉴-생트-즈
느비에브(La Montagne-Sainte-Geneviève) 가(街)의 구석
에서 독일군 오토바이 병사들에게 총을 쏘는 것을 보았다. 그리
고 30분쯤 후 카르디날-르무안(Cardianl-Lemoine) 지하철
역 부근에서, 독일군의 타이거 전차 몇 대가 더 멀리까지 갈 엄
두를 내지 못한 채 꼼짝달싹하지 못하게 되어버렸다. 그들은 그
보복으로 몽주 가(街)에 늘어선 건물을 향해 일제히 사격을 가
했다. 거리의 유리창이란 유리창이 모두 깨졌다. 그리고 그 다
음 날 혹은 그 다다음 날, 연합군의 제2기갑사단이 우리 창 밑
을 지나서 파리 식물원에 주둔했다. 우리 집 아래층의 포도주
상인이 품에 포도주병을 가득 안고 가게를 나와 군중들 사이를
뚫고 지나가서 전차의 포탑 아래에 앉아 웃고 있는 젊은 군인들
에게 선물로 건네던 모습이 아직도 눈에 선하다.

　　내 부모님과, 부모님 친구들 커플과 수만의 파리지앵들과

32　FFI는 'Forces Françaises de l'Intérieur'의 약자로서, 프랑스 영토 내부에서 독일
군에 저항한 프랑스 레지스탕스 군대였다.

함께 우리는 노트르담 광장에서 드골 장군을 환영하러 갔다. 매복해 있던 친독의용대원들이 발포를 시작했을 때 얼이 빠진 군중들 때문에 나는 질식해 죽는 줄 알았다. 아버지는 나를 겨우 당신 어깨 위로 올려놓을 수 있었다. 우리가 정문에서 정문으로 뛰어다니면서—당시에는 건물 정문에 비밀번호라는 게 없었고 우리는 어디에나 들어갈 수 있었다— 돌아다닌 거리들은 오늘날 사치스런 거리가 되었고, 온갖 층에 걸쳐서 대들보가 훤히 드러나고 독특한 양식을 가진 가구들을 볼 수 있다. 그러나 당시에는 모두가 가난했고 또 더러운 거리였을 뿐이다. 우리는 조심스럽게 도시 게릴라에 가담했는데, 당시에는 아직 '도시 게릴라'라는 말이 쓰이지 않았다. 나는 한 미군의 침착함에 경탄했던 기억이 있는데, 그는 끝없이 추잉 껌을 씹으면서 건물들의 지붕 쪽으로 고개를 들고 있었다. 그가 방금 사용한 소형 기관총의 포신이 불을 뿜었지만, 그는 약간 호기심 있는 관광객마냥 침착했고 태평했다. 어머니와 어머니 친구는 전투에서 여름옷을 잃어버렸고, 품위 있는 두 여인이 속옷 차림으로 모베르 지구의 골목길을 뛰어다니는 것을 보며 나는 참 재미있었던 기억이 난다. 우리는 집에서 오랫동안 그 얘기를 했다.

전쟁이 끝나고 나서 일사와 릭은 어떻게 되었을까? 이 영화가 픽션이 아니었다고 해도, 이 질문 자체는 무의미한 질문이었을 것이다. 픽션에서 <카사블랑카> 이후를 상상하는 것

이 있을 수 없는 일인 이유는, 인생에서 과거로 되돌아가는 일
이 불가능하기 때문이다. 우리는 삶의 흐름을 거슬러 올라갈
수 없다. <돌아오지 않는 강>**33**은 오토 프레민저의 영화 제목
이고 이 영화에서 마릴린 먼로가 부르는 노래 제목이기도 하
다. 전쟁 기간 동안 카사블랑카에서 일사와 릭의 이야기는 열
린 이야기고 일어날 수 있는 이야기다. 그러나 전쟁이 끝난 후
에는 너무 늦었다. 이것이 <세월이 흐르면>의 가사가 말하는
것이다. 이 가사는 모든 것을 말하고 있고 사실상 그 역(逆)까
지도 말하고 있다.**34** 즉 어떤 사람들에게는 모든 것이 항상 가
능하다고 말하고, 다른 사람들에게는 이들의 차례가 끝났다고
말한다. 그러나 이를 말하기 위해 음악에 가사가 필요한 것은
아니다. 대중적인 멜로디는 너그럽고 항상 유연하며 항상 모

---

33 오토 프레민저(Otto Preminger), <돌아오지 않는 강>(*River of No Return*),
1954, 미국, 91분.

34 <세월이 가면>(As Time goes by)의 가사는 다음과 같다. "당신은 반드시 알아야
해요 / 키스는 여전히 키스 / 한숨은 단지 한숨일 뿐 / 근본적인 것이 통하기 마련 / 세
월이 가면 // 두 연인이, 아 / 여전히 "사랑해"라고 말할 때 / 미래에 어떤 일이 닥치든
/ 당신은 여기에 의지할 수 있어요 / 세월이 가면 // 달빛과 사랑 노래는 전혀 낡은 것이
아니죠 / 열정, 질투, 증오로 가득 찬 마음도 / 여자에겐 남자가 필요하고, 남자는 짝을
가져야 해요 / 아무도 이를 부인할 수 없지요 // 항상 똑같은 오래된 이야기 / 사활을 걸
고 / 사랑과 영광을 얻기 위한 싸움 / 세상은 연인들을 항상 따뜻이 맞이하지요 / 세월
이 가면 // 달빛과 사랑 노래는 전혀 낡은 것이 아니죠 / 열정, 질투, 증오로 가득 찬 마
음도 / 여자에겐 남자가 필요하고, 남자는 짝을 가져야 해요 / 아무도 이를 부인할 수 없
지요 // 항상 똑같은 오래된 이야기 / 사활을 걸고 / 사랑과 영광을 얻기 위한 싸움 / 세
상은 연인들을 항상 따뜻이 맞이하지요 / 세월이 가면"

든 것을 맞아들인다. 단지 이 멜로디가 모두에게, 인생의 나이를 초월해서 모든 사람에게 똑같은 의미를 갖고 있는 것이 아닐 뿐이다. 모든 것이 다시 시작될 수 있음을 아는 사람들의 가짜 멜랑콜리와, 모든 것이 다 끝났다고 믿는 사람들의 진짜 슬픔 사이에서 욕망과 후회, 후회의 욕망과 욕망의 후회에 작용하는 세 개의 음표(音標)가 울리는 모호한 공간이 있고, 가사 없는 멜로디가 울리는 모호한 공간이 있다. 일사와 릭은 1945년에는 아직 젊었을 것이고, 이들이 다른 모험을 했을 수도 있다고 상상할 수도 있지만, 그렇다면 이것은 정확히 다른 이야기가 되었을 것이다. <카사블랑카> 이후는 없다.

그러나 기억의 이후는 있으며, 이 때문에 기억을 관리하는 일이 미묘해진다. 기억의 영화는 항상 인생의 의미를 변화시키는 더 긴 영화, 즉 인생의 영화에 포함된다. 등장인물이면서 배우이고 작가인 사람[우리 자신]의 시선이 줄곧 변하기 때문이다. 줄리앙 그라크는 기억의 책인 『좁은 물길』[35]에서 루아르 강의 작은 지류인 레브르(L'Èvre) 강가에서 종종 자기 유년시절부터 해온 산책을 정교하게 묘사하는데, 이 책은 그가 왜 진정으로 이 산책을 다시 하고 싶지 않은지를 설명하면서 끝난다. 이 소풍의 마력은, 아마도 지금까지도 변하지 않은 그 장소의

---

35 줄리앙 그라크(Julien Gracq), 『좁은 물길』(Les Eaux étroites), 1976, 파리: 조세 코르티(José Corti) 출판사, 에세이.

아름다움에 있을 뿐만 아니라, 이 장소를 두루 돌아다닌 사람의 '미래로 향한' 욕망에도, '젊은 피'에도 있는 것이기 때문이다. 나이를 먹는다는 것 때문에 이런 전망이 케케묵은 것이 되어버린다. 프루스트가 경험한 것처럼, 처음으로 꾼 꿈의 장소로 되돌아가보면 항상 어쩔 수없이 실망스러운데, 이는 자기를 향한 불가능한 귀환이라는 시련을 겪어야 하기 때문이다. 이 변해버린 '자기'는 더 이상 시간을 이전과 똑같은 관점에서 바라보지 않는다.

나는 시간이 약간 흘러가기를 기다릴 것이다. 꼬박 다음 가을까지 기다릴 것이다.

그리고 나는 떠날 것이다. 나는 몽파르나스 역으로 갈 것이다. 나는 서쪽으로 가는 철로 위를 달리게 될 것이다. 몇 시간 후면, 내가 몇 년 동안 발을 디디지 않은 캠페를레(Quimperlé) 역 앞 광장에 서 있을 것이다. 이 광장은 전혀 변하지 않았을 것이다. 카페 두 개, 식당 하나, 가을비를 맞으면서 서 있는 슬픈 회색의 건물 몇 개. 이 풍경은, 1950년 이후 브르타뉴에 정착한 내 조부모님이 크리스마스 휴가나 부활절 휴가 때 역으로 나를 마중하러 왔을 때부터 내가 속속들이 알고 있는 풍경이며, 내 마음속 풍경이다. 나는 가랑비 속에서 불현듯 오래된 우울증의 가장 깊숙한 곳에 잠겨 있을 것이다. 나는 자동차 한 대를 렌트할 것이다. 다음 날 날씨가 개면, 화강암 벽과 동백나무에 강렬한 광채가 비칠 것이고, 이 때문에 아마 나에게 젖은 도로 위를 가로질러 바다까지 가고 싶은 욕망이 생겨날 것이다. 구름 낀 하늘이 들판 위에서 기억처럼 펼쳐질 것이다. 나는 어머니의 무덤을 꽃으로 장식하러 갈 것이다.

나는 오후 초엽에 다시 기차를 탈 것이다. 저녁에 파리에 도착할 것이다. 그리고 내가 파리를 오랫동안 떠나 있었다는 느낌을 받게 될 것이다. 라탱 지구에서 잠시 어슬렁거리다가 시간이 되면 발걸음을 재촉할 것이다. 페늘롱 고등학교 옆을 따라가다가 내가 항상 편안함을 느끼는 어두운 영화관을 향해 걸음을 재촉하게 될 것이다. 내가 어두운 영화관에 편안함을 느끼는 것은, 다음의 사람들이 여기서 나를 끊임없이 기다리고 있기 때문이다. 냉정하고 자기 역할에 충실하며 영원한 [스크린 속의] 사람들, 반세기 이상 내가 가깝게 지내고 있으며, 이들의 충실함과 이들의 젊음과 나의 젊음을 확신하면서, 행복하거나 슬픈 저녁이면 내가 본능적으로 달려가게 되는 사람들.

옮긴이 해제

카사블랑카, <카사블랑카>, 『카사블랑카』

이윤영(영화학자)

1. 사족의 변(辯)

책을 번역하고 난 후 '옮긴이 해제' 같은 형식으로 책에 일정한 사족(蛇足)을 다는 한국 출판계의 관행을 내가 다시 받아들이기로 한 것은, 무엇보다 원서와 번역서 사이에 현격한 문화적 차이가 있기 때문이다. 마르크 오제의 저작 『카사블랑카』(Marc Augé, *Casablanca*, Paris: Seuil, 2007)는, 한국에서 일반적으로 출판되는 책들에 비추어보면 유례를 찾기 힘든 책이다. 이 책은 자전적 에세이, 자서전이나 가족사, '자기의 민족학'이나 자기 민족지적 분석, 기억과 영화에 대한 철학적 에세이 등의 성격을 갖고 있다. 그러나 이 책은 이 모든 것이면서 동시에 이 중 어떤 것도 아니다. 이 책의 영어판 번역자인 하버드 대학 교

수 톰 컨리는 이 책을 "자서전적인 시(詩)"[1]라고 규정한다.

한국에서는 이런 종류의 책이 많지 않기 때문에 오제의 저작은 상당히 이질적인 책, 요컨대 '분류할 수 없는'(inclassable) 책이다. 익숙한 분류에 속하지 않기 때문에 한국의 독자는 약간은 무방비 상태로 책을 접할 수밖에 없을 것이다. 이 책 자체가 한국에 거의 알려져 있지 않다는 사실 또한 여기서 언급해야 할 것 같다. 아마도 인류학자로서의 오제의 명성 때문에 영어권에서는 원서 출간 후 거의 바로(2009년) 번역이 이루어진 반면, 한국에서는 소수의 몇 사람을 제외하면 이 책의 존재 자체가 거의 알려져 있지 않았다. 옮긴이가 이 책의 번역 제안을 받은 2018년 초를 기준으로 보면, 프랑스어판 원서와 영어판을 포함해서 한국의 그 어떤 대학 도서관도 『카사블랑카』를 소장하고 있지 않았다. 오제의 책은 한국에서는 거의 존재하지 않는 책이었다. 번역서의 양과 질에서 나타나는 학문적 불균형 및 문화적 이질감이 여기에 일정한 역할을 했을 것이다.

2. 기억의 책

『카사블랑카』는 한마디로 기억의 책이다. 오제는 이 책에서 자

---

[1]   Tom Conley, "A Writer and His Movie", in Marc Augé, *Casablanca: Movies and Memory*, translated by Tom Conley, Minneapolis, University of Minnesota Press, p. 80.

신의 가장 오래된 기억, 즉 유년시절의 기억을 탐구한다. 그런데, 1935년생인 오제의 유년시절은 유럽에서 제2차 세계대전이 발발한 시기와 맞닿아 있다. 주지하다시피 1939년 9월 1일에 독일의 폴란드 침공을 시작으로 유럽 전역에서 전면전이 벌어지며 결국 이듬해 6월 14일에 프랑스 파리가 독일군의 수중에 떨어진다. 역사가 다니엘 리비에르는 이 시기를 다음과 같이 기록한다. "[1940년] 6월 6일, 독일군이 전선을 돌파하기 시작했다. 10일, 프랑스 정부는 파리로부터 투르로, 뒤이어 보르도로 철수했다. […] 프랑스 군은 솜 강과 루아르 강 사이에서 대대적으로 후퇴했다. 공포에 사로잡힌 800만 명에 가까운 민간인들이 군대의 이동을 뒤따랐다. 그야말로 대탈주였다. 사람들로 가득 찬 도로와 철도를 향해 독일의 항공기들이 폭격을 가했다."[2] 따라서 오제에게 만 다섯 살 무렵의 기억, 즉 자신에게 의식(意識)이란 것이 거의 처음 생겼던 시기이자 기억의 근원으로 거슬러 올라가는 과정은 대문자 역사와 만나는 과정이기도 하다. 개인이 자기 식으로 역사를 체험하고, 거꾸로 한 개인의 삶에 역사가 침투하는 과정. 오제에게는 특히 제2차 세계대전 중 프랑스가 독일에 점령당한 시기를 전후해서 벌어진 피난의 기억이 강렬하게 남아 있다. 실제로 파리가 함락되어 독일 점령을 받은 시기는 1940년 6월 14일부터 1944년 8월 25일까지며, 이는

---

2   다니엘 리비에르, 『프랑스의 역사』, 최갑수 옮김, 까치, 2000, p. 384.

오제가 만 다섯 살에서 아홉 살까지의 시기다. 그리고 파리가 함락된 지 67년이 지난 후인 2007년, 일흔두 살의 오제는 『카사블랑카』를 출간한다.

길지 않은 분량의 이 책에는 사실상 독자에게 쓸모 있는 정보나 지식은 거의 없다. 물론 여기에는 오제 자신에게 무엇보다 중요하고 절박한 기억들이 나오지만, 이 모두는 기본적으로 사적인 것이다. 오제가 어렸을 때 어떤 일을 겪었는지, 그가 어떤 영화를 좋아하는지 등등은 공적 지식의 영역에 속하지 않는다. 오제의 가족 구성이 어떠하며 이들이 각기 전쟁 중에 어떤 일을 겪었는지도 마찬가지다. 오제의 책에는 그의 어머니나 아버지, 삼촌, 숙모, 할아버지, 할머니, 이모할머니 등의 가족사가 나오지만, 이 책에 나오는 많은 사실들은 다른 사람에게는 거의 쓸모없는 지식에 속한다. 80년에 가까운 시간이 지났으며, 하물며 전혀 다른 역사, 전혀 다른 공간, 전혀 다른 시대를 살아온 지구 반대편에 사는 우리에게는 더더욱 그렇다.

그러나 이 책에서 노년에 접어든 오제는 자신에게 단지 몇개의 이미지로만 남아 있는 유년시절의 기억에 정확한 좌표를 표시하는 작업에 진지하게 몰두한다. 젊었을 때는 현재와 눈앞의 미래에만 몰두하다가, 나이가 들면 옛날 생각이 많이 나고 유년시절의 기억을 더듬게 되는 일은 동서고금을 막론하고 인지상정(人之常情)인 것 같다. 그러나 유년시절의 기억을 더듬는 작업이 오제에게 나이 든 사람의 소일거리 같은 한가한 일은 아니다. 왜냐하면 기억을 잃는다는 것은…, 죽음과 다를 바 없기 때문이다. 그는 이렇게 쓴다. "점차, 비극적으로 자기 과거를 잃는다는 것[…]은 자신을 시야에서 놓친다는 것이며, 다른 말로 하면 죽는다는 것이기 때문이다."(이 책 32쪽. 이하 쪽수만 표기) 오랜 시간이 지났지만, 기억 속에서 단지 몇 개의 생생한 이미지로 남아 있는 장면들은 그에게 "본질적인" 순간들(43쪽)이며 그의 인생에서 가장 강렬한 순간들이다. 따라서 기억의 여정은 바로 이 순간들을 향한다. 유년시절에 전쟁을 경험한 세대에게 전쟁의 기억만큼 강렬한 순간은 없을 것이다. 이때 그는 "미래의 일보 직전에서 나를 붙들고 있던, 순간적이면서도 강렬한 순간"을 "온전하게" 경험했다(43쪽).

나를 사로잡고 있는 사적 기억의 근원으로 거슬러 올라가는 과정은, 죽음으로 가는 자연적 시간 진행의 역(逆)이다. 필멸의 존재인 인간에게 시간의 선형적인 전개가 결국 죽음으로 귀결된다면, 기억의 근원으로 거슬러 올라가는 여정은 어떤 의미에서는 삶으로 가는 여정, 삶의 근원으로 가는 여정이다. 따라서 나이가 얼마인가와 무관하게 이 여정은 근본적이다. 나 스스로 오늘의 내가 된 나를 이해하고, 지금의 나를 만든 나의 성향과 가끔 불면으로 귀결되는 돌발적인 고통과 상처, 정신적 흉터 모두를 이해하는 과정이기 때문이다.

3. 『카사블랑카』와 『침묵으로 지은 집』

한국에서 출간된 책 중에서 오제의 『카사블랑카』(2007)와 성격이 가장 가까운 저작은 사회학자 조은이 쓴 『침묵으로 지은 집』(2003)[3]이다. 표지에 '소설'이라는 말이 붙어 있는 이 저작은 화자가 만 네 살 때 겪은 한국전쟁의 시기로 거슬러 올라간다. 그리고 같은 시기를 겪은 친지 및 가족, 지인들의 삶, 그 이후의 삶을 추적한다. 오제의 책이 그런 것처럼, 여기에도 이른바 쓸모 있는 지식이나 정보는 거의 없다. 조은은 어머니나 가족, 또는 친지와의 대화 중간중간에 나타났던 긴장의 순간들, 즉 말하지 않은 것, 말할 수 없었던 것이 날카롭게 드러나는 순간들, 그래서 더욱 마음의 짐으로 남았던 침묵의 지점들을 중심으로 기억을 재구성해나간다. 글을 쓸 당시의 정치적 사건들(2000년 1차 남북이산가족 상봉부터 2002년 4차 이산가족 상봉까지)이 기억의 매개 작용을 하며 '기억 여행'의 촉매로 기능한다.

조은과 오제 모두 유년시절에 전쟁을 겪은 세대에 속한다. 따라서 이들은 각기 세계사에서 10년가량의 시차를 두고 일어난 두 개의 끔찍한 전쟁—제2차 세계대전과 한국전쟁—의 거의 마지막 증인이다. 그리고 세계사적 전쟁의 시기와 겹쳐 있는 사적 기억을 탐구하는 여정에 어머니가 모두 핵심적인 인물로

---

3 조은, 『침묵으로 지은 집』, 문학동네, 2003. 이하 이 책을 언급할 때는 괄호 안에 저자명과 쪽수만을 표시한다. 이후 에코의 저작도 마찬가지다.

등장한다. 딸/어머니, 아들/어머니와 같이 성비는 다르지만, 어머니는 모두 모호하고 혼란스러운 기억에 좌표를 잡아줄 유일한 인물이다. 같은 시간, 같은 공간을 체험한 어머니와 자식이 서로의 기억을 교차 확인하면서 사실 하나하나의 좌표를 잡아가는 과정은 다정하면서도 또 흥미롭다.

　　앞서 지적한 대로, 조은에게 기억 여행을 이끄는 출발점은 침묵, 그것도 아주 무거운 침묵이다. 조은의 소설에서 가장 숨막히는 순간은 가족들 사이에서, 마치 사이먼과 가펑클의 노래 <침묵의 소리>에 나오는 가사처럼 "암처럼 자라는 침묵"과 만나는 지점이다. 이런 순간들은 조은의 책 어디에나 있다. "더 이야기할까 하다가 멈춰버리는 어법은 우리 윗대 집안 어른들의 공통된 특징이었다."(조은 212쪽) "6.25 때 없어진 사람들에 대해서 말하지 않는 것은 집안의 불문율이었다. 집안은 늘 침묵 속에 잠겨 있었다."(조은 68~69쪽) "집안의 누구도 옛날의 어떤 것도 캐내고 싶어하지 않았다. 묻을 수만 있다면 모든 것을 다 묻고 싶어했다."(조은 75쪽) 집안 구석구석에 남아 있는 이 납덩이같은 침묵이 소설의 화자에게 쉽게 지워지지 않는 질문을 던지고, 화자는 이를 실마리 삼아 과거로 거슬러 올라가며, 이를 계기로 과거 인물들의 현재를 추적한다.

　　『침묵으로 지은 집』과 『카사블랑카』. 지구의 이쪽저쪽에서 4년의 시차를 두고 출간되었으며 서로의 존재를 전혀 알지 못하는 두 저자의 책. 그런데 이 두 저작에서 시공간의 차이를 넘어 수많은 유사한 지점이 나타나는 것은 상당히 놀라운 일이다. 예를 들어 조은이 『침묵으로 지은 집』에서 언급하는 하얀 목화밭에 대한 기억은, 오제가 만 세 살 때 개양귀비 꽃밭에서 느낀 "최초의 미적 경험"(54쪽)에 상응한다. 조은은 이렇게 쓴다. "목화꽃이 얼마만큼 아름다웠는지는 잘 기억이 나지 않지만 초록과 어우러진 흰빛 밭이 주던 기억은 지금도 어떤 색깔로도 대체할 수 없는 한 폭의 그림으로 떠오르고는 한다."(조은 49쪽) 또한, 조은이 피난 갈 때 가다 쉬다 하는 기차를 타고 열흘 정도 기차 안에서 자고 먹고 한 기억(조은 37쪽)은, 오제가 몽파르나스 기차역에서 어머니 아버지와 하루 종일 줄 서서 표를 사고 저녁에 긴 플랫폼을 걸어서 도중에 가다 쉬다 하는 기차를 타고 브르타뉴로 피난 갔던 기억(84쪽)과 통한다. 그리고 조은이 미군에게 얻어먹은 '드롭스'에 대한 기억(조은 33쪽)은 오제가 아홉 살에서 열한 살까지 길거리에서 미군이나 영국군에게 추잉 껌이나 초콜릿을 얻어먹곤 했다는 기억(25쪽)에 호응한다. 나아가, "바다처럼 펼쳐져 있던 보리밭"에서 캐서 끓인 "보릿국 냄새"가 향기로웠다는 조은의 진술(조은 42쪽)은 오제가 네 살 때 대서양 연안의 해수욕장에서 맛본 사탕과자에 대한 기억(52쪽)에 상응한다. 마지막으로, 기억 속의 장소를 다시 방문했을 때 느낀 충격 또한 비슷하다. 어렸을 때 피난살이를 했던 외갓집을 이후에 다시 방문하고 조은은 이렇게 쓴다. "어릴 적 살았던 외갓집도 생각보다 작았다. 더욱이 소 두 마리가

매여 있던 외양간이 없어져서 더 작아 보였는지 아니면 내 눈이
너무 커져버렸는지 모르겠다."(조은 57쪽) 이는 오제가 증조모
의 집을 다시 방문했을 때의 경험(39쪽)과 유사하다. 오제는 이
렇게 쓴다. "프루스트가 경험한 것처럼, 처음으로 꾼 꿈의 장소
로 되돌아가보면 항상 어쩔 수없이 실망스러운데, 이는 자기를
향한 불가능한 귀환이라는 시련을 겪어야 하기 때문이다. 이 변
해버린 '자기'는 더 이상 시간을 이전과 똑같은 관점에서 바라보
지 않는다."(100쪽)

　　자기를 반추하는 기억 여행이 이 두 저작 중 어떤 것에서
더 진지하다거나 덜 진지하다고 말할 수는 없다. 각기 사회학과
인류학을 전공한 두 저자가 겪은 사적 체험과 공적인 역사가 다
르고, 저자들의 성(性)이 다르며, 이들이 쓰는 언어가 다르고,
전쟁 이후 두 나라가 걸어간 역사의 굴곡이 다르다고 해도 마찬
가지다. 어쨌거나 조은의 책과 달리 오제의 『카사블랑카』는 픽
션이 아니다. 이 책에 기억의 착오는 있을 수 있지만, '가공'하고
지어낸 이야기는 없다. 오제는, 다른 많은 자서전에서 하듯이
자신의 과거나 자신의 집안을 미화하려 하지 않는다. 그는 단
지 자신의 기억에 상응하는 정확한 사실을 찾는 과정을 담담하
게 보여줄 뿐이다. 한편, 조은의 책은 저자 자신의 말대로 "상상
력 대신 기억으로 쓴 소설"(조은 314쪽)이다. 소설이라는 말이
붙기는 했지만, 여기서 현실과 허구가 명확하게 구별되는 것도
아니다. 조은은 '저자의 말'에서 이렇게 쓴다. "기억 자체가 하

나의 고안물임을 부정할 생각은 없다. 따라서 어디까지가 사실이고 어디까지가 픽션이냐는 물음에 답할 수가 없다. 글쓰기의 전략이 있었다면 기억을 가능한 한 극화하지 않았다는 것뿐이다."(조은 314~315쪽) 어쨌거나 조은의 글쓰기가 일정 정도 픽션으로 갈 수밖에 없는 것은 한국에서 명확하게 청산되지 않은 역사의 무게가 아직 무겁고, 이 점에서 여전히 침묵하지 않을 수 없는 지점들이 많기 때문일 것이다. 여기서 나는 픽션의 형식으로밖에 쓸 수 없는 상황과 말들이 있다고 생각하고, 이 책에 녹아 있는 픽션이 현실의 삶, 현실의 체험에서 그리 멀지 않은 것이라고 짐작할 뿐이다.

조은의 『침묵으로 지은 집』이 아름다운 책이듯이, 『카사블랑카』도 아름다운 책이다. 이 두 저작은 모두 남들에게 쓸모없어 보이는 사적이며 내밀한 이야기의 기술(記述)이 얼마나 좋은 저작이 될 수 있는지를 보여준다. 이들은 또한 탁월한 사회과학자들의 내면에 무엇이 있는지, 이들이 어떤 식으로 사고하고 행위하는지, 이들을 키운 것은 무엇인지를 알려준다. 두 경우 모두에서 나는 한 개인의 내밀한 기억으로 가는 과정이 진솔하고 설득력이 있을 때, 이 사적 기억들은 그 개인이 속한 공동체의 기억에 깊이 공명한다고 생각한다.

4. 영화와 기억

우리의 기억은 무엇으로 이루어져 있을까? 주지하다시피 우리가 직접 겪은 것만이 우리의 기억을 이루는 것은 아니다. 직접 겪은 것은 아니지만 우리가 들은 것, 우리가 읽은 것, 우리가 본 것, 심지어 자신도 모르게 지어내서 믿고 있는 것 모두가 모여 우리의 기억을 이룬다. 그렇다면 우리가 생생하게 갖고 있는 기억은 실제 사실에 부합하는 것일까? 많은 경우에 비추어보면 그렇지 않은 것 같다. 다른 사람의 기억과 교차 확인해보면, 객관적으로 일어난 일을 전혀 기억하지 못하고 있는 일이 적지 않으며, 복수의 사람들이 똑같은 경험을 한 후 이를 완전히 다르게 기억하고 있는 일도 드물지 않게 일어나고, 심지어는 실제로 없었던 일을 직접 겪은 것처럼 기억하는 일도 생각보다 많다.[4] 우리 인간들이 그런 것처럼, 기억도 한 번 생겨난 후 자기 '삶'을 살아간다. 따라서 어떤 기억이 생겨난 후 이를 두고 다른 사람과 주고받은 대화, 이를 지속적으로 상기시키는 사건, 이보다 더 충격적인 다른 사건들의 기억 등이 뒤엉켜 기억의 역사 또한 굴

---

4   이런 점에서 프로이트가 자신의 꿈을 분석하면서 내린 결론을 기억의 메커니즘에 적용할 수도 있을 것이다. 『꿈의 해석』의 2장 '꿈-해석의 방법: 꿈 사례 분석' 끝부분을 보면, 이웃에서 솥을 빌렸다가 솥을 망가뜨린 채로 돌려주게 되어 욕을 먹게 된 사람의 변명이 나온다. 그는 이렇게 말한다. "첫째 그는 솥을 원래 그대로 돌려주었으며, 둘째 솥은 빌렸을 때 이미 구멍이 나 있었고, 셋째 이웃에서 솥을 빌린 적조차 없다는 것이다"(지그문트 프로이트, 『꿈의 해석』, 김인순 역, 열린책들, 2003(1900), p. 161). 여기서 이웃에게 그는 완전히 모순되는 세 가지 변명을 동시에 전개하는데, 서로 양립할 수 없는 이 세 가지 말은 모두 '자신에게 어떤 잘못도 없다'는 하나의 지점을 가리킨다. 꿈의 메커니즘을 기억의 메커니즘에 대응시킬 수 있다면, 일정한 아전인수(我田引水)가 어쩔 수 없는 기억의 속성이라는 것을 인정해야 할지도 모른다.

곡을 겪게 된다. 따라서 딱히 '정신적인 문제'가 있는 사람이 아니더라도, 기억의 사후 왜곡의 가능성은 어디에나 있다.

이 때문에 자신의 기억에 대한 의심과 머뭇거림이 때로는 기억을 대하는 가장 정당한 태도가 될 수 있다. 명확하지 않은 것을 명확하지 않은 상태로 남겨두고, 자신의 기억과 이에 대한 유보를 함께 기술하는 방식이 그것이다. 예컨대 조은은 이렇게 쓴다. "서울을 떠나 추운 겨울 기차에 포개지듯이 실려 가던 기억은 떠오르지만 그 기억이 실제인지 아니면 수없이 들은 피난 이야기의 한 조각인지 아니면 언젠가 본 6.25 영화 장면인지 구분할 수가 없다."(조은 33쪽) 이 인용문에는 진짜 겪은 것과 들은 것, 또는 영화 등에서 본 것을 스스로 구별할 수 없다는 사실을 있는 그대로 인정하는 태도가 함께 있다. 어쨌거나 조은의 글에도 영화가 등장한다. 실제로 영화 체험은 다른 어떤 이미지의 체험보다 훨씬 더 강렬하다는 의미에서 독특한 체험이다. 그것은 때로 나를 완전히 장악하고 심지어 내 '자리'를 차지하며, 다른 기억과 마찬가지로 기억의 형태로 저장된다. 영화에서 이런 일이 일어나는 기본적인 이유는, 스크린에 나타난 것이 관객이 '주체'라는 환상을 만들어내게 하는 온갖 영화 장치에 기반을 두고 있기 때문이다.[5] 어쨌거나 한 사람의 기억 자체가 이미

---

[5] 이에 대해서는 필자의 논문 「플라톤의 '동굴의 비유'와 영화」(『미학』 78집, 2014, pp. 194~200)를 참조할 것.

지로 이루어져 있고, 그가 직접 체험한 것이 이미지의 형태로 기억된다[6]면, 그리고 스크린에서 경험한 것 또한 기억의 형태로 저장된다면, 직접 체험의 기억과 영화 체험의 기억 사이에는 질적인 차이가 없을 수도 있다는 결론을 내릴 수 있다.

예를 들어 유년시절에 겪은 피난의 이미지에 대해, 조은과 오제가 거의 같은 표현을 쓴 것은 단순한 우연의 일치는 아니다. 먼저 조은은 이렇게 쓴다. "내 전쟁 기억은 종잡을 수가 없다. 영화 <금지된 장난>과 뒤섞여 있기도 하고 반공영화 장면들과 뒤섞여 있기도 하다."(조은 32쪽) 다른 한편, 오제는 이렇게 쓴다. "오늘날 내가 이 피난민 무리의 몇몇 이미지를 다시 생각해 낸 것 같아도, 여기에 <금지된 장난>의 몇몇 장면이 뒤섞여 있는지는 확실하지 않다."(41쪽) 이 두 개의 글에서 모두 르네 클레망(René Clément)의 영화 <금지된 장난>이 언급된다. 실제로 이 영화의 맨 앞부분 15분가량에는 전쟁을 피해 자동차로, 마차로, 또는 걸어서 온갖 짐을 들고 이동하는 큰 무리의 피난 행렬이 나온다. 영화에서 피난 행렬이 시골길을 지나갈 때 비행기는 기총 소사를 하거나 폭탄을 떨어트리면서 피난 행렬에 공습을 가하고, 이때마다 피난 행렬은 대혼란에 빠진다. 분명 조

---

6   장 루이 셰퍼는 이렇게 쓴다. "과거는 제각기 자율성을 획득한 일련의 이미지들로만 존재한다." Jean Louis Schefer, "A propos de *La Jetée*", *Images mobiles*, Paris: P. O. L., 1999, p. 131.

은과 오제는 모두 르네 클레망의 <금지된 장난>을 보았다. 그리고 이 영화에 나온 피난의 이미지가 너무 강렬한 나머지, 피난에 대한 자신의 기억이 이 영화에 의해 굴절된 것인지, 아니면 자신이 직접 겪은 것인지를 계속해서 자문한다.

여기서 오제는 한 걸음 더 나아가 영화 체험에 대한 기억과 실제 체험에 대한 기억을 동등한 자리에 놓아야 한다고 주장한다. 그는 이렇게 쓴다. "우리 마음에 든 영화는 우리 기억 속에서 다른 기억들 옆에 자리를 잡는다. 이 영화는 다른 기억들 사이에 존재하는 하나의 기억이고, 다른 기억들처럼 망각의 위협이나 기억의 침식 작용에 노출되어 있다."(23쪽) 따라서 "영화 이미지들이 사적 기억처럼 머릿속에서 맴도는 일도 벌어지게 된다. 마치 영화 이미지들이 우리 삶 자체의 일부가 된 것 같다."(23쪽) 이렇게 내 안에 들어 있는 영화 체험의 기억을 다른 기억들과 같은 자리에 놓게 되면, 내 유년시절의 기억을 인도하는 영화의 역할을 진지하게 받아들일 수 있게 된다. 직접 체험이든 영화 체험이든 모두 내 유년시절에 선명하게 각인된 이미지이기 때문이다. 요컨대 오제의 책에서는, 마르셀 프루스트의 『잃어버린 시간을 찾아서』의 화자에게 홍차와 마들렌이 했던 역할을 영화가 떠맡는다. 그것이 마이클 커티즈의 영화 <카사블랑카>다. 이 영화는 오제에게 "기억의 촉매제"(26쪽)다. 그리고 이 영화로 인해 오제는 "가장 강렬했던 과거의 어떤 순간을 떠올리게 하고 심지어 이 순간을 되살게 하는 상황을 다시 산다"(26쪽)는 느낌을 갖게 되었다고 진술한다. 그것은 이 영화의 배경과 소재를 이루는 거의 모든 것—파리 함락, 카사블랑카, 도주와 피난의 이미지 등등—이 정확하게 오제 자신의 유년기의 상황과 겹쳐 있기 때문이다.

　기억 자체에 대해 진지한 고민이 들어 있는 이 책의 곳곳에는 영화와 기억에 대한 예리한 성찰들이 제시된다. 영화의 여러 가지 측면들, 다시 말해서 몽타주, 근접화면과 롱숏, 스크린의 크기, 영화 이미지의 불변성 등이 각각 기억에 대해 새롭게 성찰할 수 있는 계기가 된다. 첫째, 영화 제작의 후반 작업에 쓰이는 기술인 몽타주가 있다. 오제는 기억의 재료들이 영화의 러시 필름과 같다고 지적한다. 따라서 "러시 필름을 앞에 둔 감독은 약간은, 흔히 말하듯 '자기 기억을 한데 모으고자 하는' 늙어가는 사람과 비슷하다."(31쪽) 즉 제각기 생생하지만 파편적인, 다시 말해서 서로 간의 연결이 느슨해져 있는 장면들을 재구성하는 작업은, 영화 제작에서 러시 필름을 몽타주하면서 여기에 일정한 질서를 부여하는 작업에 상응한다. 둘째, 스크린에 나타나는 피사체의 크기 차이를, 오제는 시간 속에서 자신을 보는 방식의 차이라고 설명한다. 클로즈업처럼 가까이에서 크게 보는 것은 한 인물을 현재 및 가까운 시간 속에서 보는 것이고, 멀리서 롱숏으로 작게 보는 것은 아득한 과거처럼 먼 시간 속에서 보는 것과 같다는 것이다. 따라서 다음과 같은 성찰이 나온다. "근접화면과 롱숏의 교체는 관객에게, 그가 자기 자신의 이미지와 맺는 관계를 떠올리지 않을 수 없게 하는데, 자신의 현재[근접화면]에 의미를 부여하기 위해 자신의 과거[롱숏]에 질문할 때가 그렇지 않을까?"(71쪽) 이는 공간적인 차원을 시간적인 차원에 대응시킨 것으로, 아득한 기억을 반추하는 행위는 자신을 멀리서, 즉 롱숏으로 보는 행위에 해당된다.

셋째는 스크린의 크기에서 나온 성찰인데, "영화는 우리에게 아이들의 시각을 되돌려준다."(60쪽) 어렸을 때 우리는 작았고, 따라서 모든 것을 로우 앵글(앙각)로 보고 경험했다. 성인이 된 상태에서, 예를 들어 어렸을 때 다닌 초등학교를 다시 방문해보면 학교의 모든 것이 작게 느껴지는 것은 분명 똑같은 사물을 보는 각도 자체가 달라졌기 때문이다. 그리고 영화관에서 우리는 좌석에 앉아 "어렸을 때 어른들을 보는 것"(60쪽)처럼 로우 앵글로 영화를 본다. 그리고 스크린 자체가 크기 때문에 영화관에서 보는 사람 및 사물은 실제보다 훨씬 크게 나타난다. 이것이 오제가 말하는 "아이들의 시각"이다. 마지막으로, 오제에 따르면 영화 이미지의 불변성은 기억의 불변성에 상응한다. 스크린에 나온 배우가 스크린 속에서 항상 젊음을 유지하고 있듯이, 오제가 현실에서 특정 인물에 대해 떠올리는 이미지는 고정된 이미지라는 것이다. 따라서 기억 속에서 할아버지의 이미지는 항상 "예순 살이나 예순다섯 살 때쯤의 할아버지"(60~61쪽)이고, 그가 생각하는 부모의 이미지는 항상 "서른 살이나 서른다섯 살쯤의 아버지나 어머니"(61쪽)로 나타나는 일이 벌어진다. 마치 이들이 이후에 전혀 나이를 먹지 않는 것처럼. 마치 이들에게는 어린 시절이나 젊은 시절 자체가 존재하지 않기라도 한 것처럼.

5. 마르크 오제의 <카사블랑카>

오제에게 <카사블랑카>가 특별하게 느껴진 이유가 있을 것이다. 그것은 일단 프랑스에서 같은 시기를 살면서 비슷한 문화적 경험을 했던 오제의 세대와 관계가 있다. 제2차 세계대전 이후 프랑스 영화계의 중요한 특징 하나가 미국 영화에 대한 애착(le goût pour le cinéma américain)이다. 독일 점령 기간 동안 프랑스에서 미국 영화 상영이 금지되었고, 해방과 함께 미국 영화가 대량으로 프랑스 영화관에 걸리기 시작했다. 마이클 커티즈의 <카사블랑카>가 뒤늦게 개봉된 것(1947)도 이 시기며, 영화에 열광하는 젊은이들의 문화, 즉 시네필(cinéphile) 문화가 생긴 것도 이때다. 당시 파리에는 미국 영화가 홍수처럼 밀려들어왔고, 오제의 바로 앞 세대뿐만 아니라 오제 자신도 미국 영화의 세례를 받으면서 성장했다. 물론 고다르(Jean-Luc Godard)의 <네 멋대로 해라>(À bout de souffle, 프랑스, 1960, 90분, 원제는 <질식할 것 같은>)가 보여주듯이, 많은 프랑스 영화감독은 미국 영화에 대한 경험을 자양분으로 삼아 완전히 새로운 영화를 만들어냈다. 어쨌거나 오제는 미국 영화에 대한 관심이 분출하던 시기에 유년시절을 보냈고, 이 시기에 오제를 '키운' 것은 일정 정도 미국 영화라고 할 수 있다.

나아가 오제에게 <카사블랑카>가 특별한 영화인 까닭은 유년시절에 겪은 전쟁과 피난의 경험 때문이다. 실제로 <카사블랑카>는 현실의 역사가 뜨겁게 전개되던 시기에 만들어졌고, 픽션이지만 그 어떤 영화보다 역사의 흔적이 진하게 배어 있다. 이 영화는 제2차 세계대전이 한창이던 1942년에 만들어졌다. 그것은 기본적으로 멜로드라마지만 1941년 모로코의 카사블랑카를 배경으로 전개되며, 영화 중간의 긴 플래시백은 파리가 함락되던 시기의 상황을 직접 그린다. 그리고 다음의 사실, 즉 <카사블랑카>의 촬영은 1942년 5월 25일에 시작되어 8월 3일에 끝났고 이 영화가 11월 26일에 개봉했다는 점과, 또 하나의 사실, 즉 연합군은 1942년 11월 8일에 북아프리카에 상륙했고 영화가 개봉된 지 불과 18일 후에 모로코의 카사블랑카에 도착했으며, 이로부터 불과 두 달 후인 1943년 1월에 바로 여기서 루스벨트와 처칠과 드골의 역사적인 회담이 이루어졌다는 점을 떠올려보면, 이 영화의 제작 상황과 현실 역사의 전개가 얼마나 많이 겹쳐지는지를 알 수 있다.

다른 한편, 제2차 세계대전의 전개로 인해 모로코의 카사블랑카는 현실의 시공간에서 독특한 지위를 획득했다. 영화 <카사블랑카>는 대문자 역사가 일시적으로 만들어낸 이 독특한 상황을 영화적 상상력의 기반으로 삼는다. 영화 첫머리에 제시되는 것처럼, 카사블랑카는 피난의 여정에서 핵심적인 중간 기착지다. 그 최종 목적지는 전쟁에서 벗어난 이른바 '자유와 해 방의 땅' 미국이며, 여기로 가는 경로는 프랑스의 파리에서 마 르세유, 알제리의 오랑, 모로코의 카사블랑카를 거쳐 포르투갈 의 리스본까지 이어진다. 이것은 1940년 6월 14일의 파리 함락 이후 벌어진 상황으로서, 1941년을 전후하여 '리스본-뉴욕' 항 로는 나치의 유럽에서 탈출하고자 하는 사람들에게 그 어떤 항 로보다 중요했다. 나치로부터 벗어나고자 했던 사람들이 포르 투갈의 리스본까지 가기 위해 스페인을 바로 지나지 않고 북아 프리카의 먼 길을 돌아가야 했던 이유는 스페인에는 나치에 우 호적인 프랑코가 집권하고 있었기 때문이다.[7]

카사블랑카는 이 여정에서 마지막 중간 기착지의 역할을 한다. 카사블랑카는 포르투갈행 비자를 얻고 리스본행 비행기 를 타기 위해 기다리는 곳이며, 이 때문에 온갖 국적과 인종의 전시장이 되었다. 그리고 영화의 핵심적인 무대로 등장하는 '릭 의 미국인 카페'—카페라는 이름을 갖고 있지만, 카지노를 갖 춘 카바레, 또는 라이브 공연이 전개되는 레스토랑이나 술집에

---

7 약간 다른 경우지만, 발터 벤야민의 마지막 여정에 대해 탁월한 역사소설을 쓴 브 루노 아르파이아는 책의 서문에서 이렇게 쓴다. "나치가 파리 외곽까지 진격해 목숨이 경각에 달렸을 때조차 벤야민은 국립 도서관을 들락거렸다. 그는 막판에야 피정을 접고 탈출을 도모했다. 일단 루르드로 갔고 그다음 목적지는 마르세유였다. 그는 아메리카행 선박 편과 출국 비자를 받아야 했다. 유럽을 탈출하기만 한다면 안전을 확보할 수 있을 터였다." 브루노 아르파이아, 『역사의 천사』, 정병선 옮김, 오월의봄, 2017, p. 9. 여기 서 벤야민이 구상한 탈출 경로는 <카사블랑카>에 나오는 경로와 크게 다르지 않다.

가깝다—는 카사블랑카의 혼종적인 성격이 극대화된 공간으로서, 온갖 사연을 가진 다양한 사람들이 모여드는 곳이다. 움베르토 에코에 따르면, 릭의 카페는 "사랑, 죽음, 추격, 스파이 행위, 노름 활동, 유혹, 음악, 애국주의 등이 벌어질 수 있는 매혹적인 장소"[8]이며, 당시 카사블랑카라는 도시 분위기 자체를 집약시킨 공간이다. 요컨대 카사블랑카라는 도시는 본질적으로 정착할 수 없는 곳으로서, 단지 거쳐서 지나가는 곳일 뿐이고 끝없이 대기하는 곳이며, 이런 의미에서 일종의 연옥(煉獄)이다.

마지막으로 <카사블랑카>는 탁월한 멜로드라마로서 오제를 매혹시킨 것으로 보인다. 잉그리드 버그만의 "관능적 아름다움"과 숨겨진 "에로티즘"(17쪽)도 그랬지만, 그는 멜로드라마의 스펙터클에 울지 않을 수 없는 이유로 "클로즈업으로 보여진 감동받고 감동시키는 얼굴"(47쪽)을 언급하는데, 이 얼굴은 "등장인물들의 태도에서 나타나는 미세한 동요(動搖)"(47~48쪽)를 함축하고 있다. <카사블랑카>에서 버그만과 보가트의 얼굴이 모호하게 나타나는 것은 이 영화의 독특한 제작 방식과 관련이 있다. 오제가 본문(31, 46쪽)에서 간략하게 언급하고 있지만, <카사블랑카>는 지극히 예

---

8 움베르토 에코, 「<카사블랑카> 또는 신들의 재탄생」, 『포스트모던인가 새로운 중세인가』, 조형준 옮김, 새물결, 2005, p. 192.

외적인 제작 방식을 통해 태어났다. 이 영화는 본래 희곡 <모두가 릭의 카페에 간다>[9]를 각색한 것으로, 각색 작업은 처음에는 줄리어스 엡스타인(Julius Epstein)과 필립 엡스타인(Philip Epstein) 형제가 맡아서 진행하다가 이후 하워드 코치(Howard Koch)가 여기에 합류하게 되고 나중에는 결국 코치 혼자서 시나리오 작업을 하게 된다. 하워드 코치의 증언에 따르면, 시나리오 작업은 너무 더디게 진행되어서 촬영 2주 전에는 전체 시나리오의 1/4가량인 40페이지 정도만을 썼고, 따라서 험프리 보가트를 비롯한 주요 배우들과 자유 토론을 벌이면서 아이디어를 모으게 된다. 촬영 전날에는 시나리오가 겨우 반 정도 완성되었고, 촬영이 2/3 정도 진행되었을 때는 급기야 매일매일 그날 치 시나리오를 촬영장에 가져가는 상황에 이른다.[10] 이로써 감독 자신까지 포함해서 배우들과 제작진이 다음에 전개될 상황을 전혀 알지 못한 채 매일매일 이른바 '쪽대본'을 받고 그날그날 영화를 제작하는 상황이 만들어졌

---

9 탁월한 영화비평가이자 시나리오 작가인 제임스 에이지는 이 희곡을 "세상에서 최악의 희곡 중 하나"라고 평가했다. Richard Corliss, "Analysis of the Film", in *Casablanca: Script and Legend*, New York: The Overlook Press, 1973, p. 185에서 재인용.

10 Howard Koch, "The Making of *Casablanca*, Conceived in Sin and Born in Travail", in *Casablanca: Script and Legend*, New York: The Overlook Press, 1973, pp. 22~23.

다.[11] 자크 루르셀은 이 때문에 이 영화가 '연속극'의 성격을 갖고 있다고 지적한다. "이 영화는 본의 아니게 연속극으로 구상되고 씌어졌고 촬영되었다. 이 영화를 만든 사람 누구도 이야기의 결말을 알 수 없었고, 결말은 끝까지 '다음 회 계속'으로 남아 있었다."[12] 시나리오 작가인 하워드 코치 자신도 인정하는 시나리오상의 "수많은 모순과 불합리성"[13]은 이런 제작 방식에서 비롯된 것이다. 그러나 이런 제작 방식이 예기치 않은 효과를 발휘했다는 점도 지적할 수 있을 것이다. 즉 즉흥적인 제작 방식으로 인해, 배우들에게 모호성을 갖지 않을 수 없는 연기가 생겨났고 이것이 오제를 포함한 많은 사람을 매혹시켰다고 할 수 있다. 움베르토 에코는 이렇게 지적한다. "잉그리드 버그만이 그렇게 매혹적이고 신비롭게 보인 이유 또한 그녀가 어떤 남자를 더 부드러운 눈길로 바라보아야 할지를 몰랐기 때문인 것 같다."(에코 169쪽)

11 잉그리드 버그만이 자서전에서 밝힌 이야기는 유명하다. "영화가 어떻게 전개될지, 영화가 어떻게 끝날지 아무도 몰랐다. […] 릭과 라즐로 중 내가 결국 누구를 사랑하게 되느냐고 내가 계속해서 커티즈 감독에게 물었을 때, 감독은 이렇게 대답했다. '아직 몰라요… 그 둘 사이에서(in-between) 연기해 보세요.'" Ingrid Bergman & Alan Burgess, *Ingrid Bergman, My Story*, New York: Delacorte Press, 1980, pp. 109~110.

12 Jacques Lourcelles, *Dictionnaire du cinéma: Les Films*, Paris: Robert Laffont, 1992. pp. 213~214.

13 Howard Koch, 앞의 글, p. 25.

6. <카사블랑카> 이후의 <카사블랑카>

자신의 유년시절을 상기하면서 영화 <카사블랑카>를 소환한
마르크 오제의 저작은 이후에 이 영화를 둘러싼 수많은 담론의
역사에 기입될 것이다. 사실상 자기 혼자서 존재하는 영화는 없
다. 크든 작든, 그것이 불러일으킨 담론의 역사가 그 영화와 함
께하고 있기 때문이다. 한 영화에 대한 해석사(解釋史) 또는 수
용사(受容史)라고도 부를 수 있는 담론의 역사가, 마치 달과 달
무리처럼 한 영화의 우주를 이루고 있다고 할 수 있다. 기술 복
제의 예술로서 영화 텍스트가 시간의 진행과 무관하게 거의 불
변의 상태로 지속되는 데 반해, 담론의 역사는 온갖 형태의 변
이를 겪게 되고 그것이 이후 영화를 보는 관객의 시각에 직간접
적으로 영향을 미친다. 따라서 한 영화가 나온 지 한참 후에 그
영화를 다시 보는 행위는 그 영화를 둘러싼 담론의 역사와 분리
해서 이루어질 수 없다.

　　물론 이 담론의 역사에 순수하게 말[言]만 포함되는 것은
아니다. 예컨대 "<카사블랑카>를 보면서 난 당신과 사랑에
빠졌네"라는 가사로 시작하는 버티 히긴스(Bertie Higgins)
의 노래 <카사블랑카>(1982)나, 이를 번안해서 부른 최헌의
노래(1983)도 이 담론의 역사에 포함될 수 있을 것이다. 때로
는 다른 영화도 여기에 참여한다. 그 대표적인 예로서 허버트
로스(Herbert Ross)의 코미디 영화 <카사블랑카여, 다시 한
번>(*Play It Again*, Sam, 1972, 미국, 85분)을 거론할 수 있

다. (이 영화는 우디 앨런[Woody Allen]이 직접 시나리오를 쓰고 주연을 맡은 영화로서 사실상 우디 앨런의 영화라고 할 수 있다.) <카사블랑카여, 다시 한 번>은 명시적으로 마이클 커티즈의 <카사블랑카>를 소환해서 이 영화를 둘러싼 담론의 역사에 개입하고자 한다. 이 영화는 우디 앨런이 영화관에서 <카사블랑카>를 보는 상황으로 시작하는데, <카사블랑카>의 마지막 15분 정도를 군데군데 직접 인용한다. <카사블랑카여, 다시 한 번>은 <카사블랑카>의 결말을 부정하는 것으로 시작해서 이 영화의 결말을 패러디하는 것으로 끝난다. 다시 말해서, 뉴욕에 사는 '너절한' 인물 우디 앨런은 극장을 나오면서 자신은 험프리 보가트처럼 자기희생적인 사랑은 할 수 없다고 혼잣말을 하면서 본격적으로 영화가 시작된다. 그리고 가장 친한 친구의 부인과 우여곡절 끝에 하룻밤 사랑을 나눈 후, 공항에서 친구와 친구의 부인을 비행기로 떠나보내는 것으로 끝난다. 여기서 우디 앨런은 친구와 친구 부인에게 험프리 보가트의 대사를 흉내 내서 말하지만, 그것은 기사도적 희생이나 고귀한 사랑과는 거리가 멀다.

<카사블랑카>에 대한 담론의 역사에는 이 영화에 대한 움베르토 에코의 글들을 빼놓을 수 없다. 그는 이른바 컬트 무비가 된 <카사블랑카>를 분석하면서 이 영화가 갖고 있는 독특한 지위를 지적한다. 에코는 이렇게 쓴다. "드레이어, 에이젠슈테인, 또는 안토니오니의 영화가 예술작품이라면, <카사블

랑카>는 예술적 성취도로 볼 때 정말 시덥잖은 작품이라고 할
수 있다. 이 영화는 별 개연성 없이 감상적인 장면들이 얼기설기
엮어진 잡탕이며, 등장인물들도 심리(학)적으로 전혀 그럴듯
해 보이지 않으며 배우들의 연기도 상투적이다."(에코 163쪽)
그런데, 이 영화는 컬트 무비로서 엄청난 영향력을 누렸다. 여
기서 에코는 "<카사블랑카>가 하나의 영화가 아니라 '여러 영
화'이기 때문에 컬트 무비가 되었다"(에코 180쪽)고 주장한다.
"한두 개의 클리셰는 웃음만 나오게 하지만 수백 개의 클리셰
는 우리를 감동시킨다. 왜냐하면 우리는 클리셰들이 재결합을
자축하며 자기들끼리 온갖 대화를 나누고 있는 것을 어렴풋이
느낄 수 있기 때문"(에코 181쪽)이다. 에코에 따르면, <카사블
랑카>는 모험영화, 애국영화, 뉴스영화, 전쟁선전영화, 멜로드
라마, 갱영화, 스파이영화 등등 온갖 장르를 품고 있으며, 한두
개의 원형이 아니라 "모든 원형"(에코 171쪽)을 사용한다. 이에
따르면 나치의 면전에서 <라 마르세예즈>를 불렀기 때문에 이
영화를 좋아한 오제의 아버지(15~16쪽)나, 이 영화의 숨겨진
에로티즘 및 떠남과 도주의 테마에 민감하게 반응한 오제 자신
(16~17쪽)도 각자 자기에게 끌리는 원형에 자기를 직접 투사한
경우라고 할 수 있다.

　　에코의 다음 언급은 <카사블랑카>에 대한 결론에 가까
운 진술이다. "오직 뒤죽박죽인 영화만이 불연속적으로 이어지
는 여러 이미지와 클라이맥스, 그리고 시각적 빙산의 모습으로

뇌리에 남아 있게 된다. 하나의 핵심적인 아이디어가 아니라 많은 아이디어를 보여주어야 한다. 일관된 구성의 철학을 드러내서는 안 된다."(에코 165쪽) <카사블랑카>에 대한 에코의 분석은 상당히 예리하며 이 영화가 컬트 무비로 인정받게 된 메커니즘을 명확하게 밝혀준다. 어쨌거나 그의 평가는 이 영화에 대한 깊은 관찰과 분석을 토대로 이루어진 것이기 때문에 설득력이 있다. 예컨대 그가 이 영화에 등장하는 통행증의 메커니즘을 분석할 때, 이 분석은 이 자기희생적인 멜로드라마의 핵심 기제를 제대로 집은 것이다. 에코에 따르면, 통행증은 이 영화에서 "마법의 열쇠"인데, 이를 "모든 사람들이 오직 돈을 갖고 사들일 수밖에 없다고 믿고 있는 반면, 실제로는 오직 선물로서만, 순결함에 대한 보상으로서만 주어질 수 있을 뿐"(에코 177~178쪽)이다. 따라서 레지스탕스 지도자 라즐로가 결국 통행증의 수령자가 되는 것은 당연한 귀결이다.

여러 가지 통계나 설문조사가 보여주듯이, <카사블랑카>는 오랫동안 미국인들이 가장 좋아하는 미국 영화였다. 왜 그랬을까? 여기서 내게는 이런 가설이 떠오른다. 아마도 많은 미국인들이 이 영화에 나오는 험프리 보가트에게서 스스로 이상적이라고 생각한 자신의 모습을 보았기 때문일 거라고. 재치와 냉소적인 유머를 갖고 있으며, 겉으로는 가장 냉철하고 잇속에 바른 것처럼 보이면서도 가슴속으로는 이상을 간직하고 있는 인물. 예전에 에티오피아에서 제국주의적 침략에 맞섰고, 스페

인 내전에서 프랑코와 맞섰으며, 다시 나치에 맞서는 길을 선택
한 남자. 쓰라린 연애의 기억을 갖고 있지만, 그 여인의 미래를
위해 자신의 행복을 희생한 인물. 실제 모습은 전혀 다를지 몰
라도, 오랫동안 미국인들이 상상한 자신들의 모습은 최소한 이
상적으로는 보가트의 형상을 하고 있었을 것이다. 제2차 세계
대전에서 독일의 파시즘 및 일본의 군국주의와 맞선 미국의 모
습은 이 이상과 부합하는 것이었고, 이 때문에 전쟁이 끝난 후
'자유의 수호자'로서 미국의 이미지가 널리 퍼지는 계기가 되
었다. 그러나 이 글을 쓰고 있는 2019년 1월 초에 나는, 자유
의 수호자 따위의 '위선'은 과감하게 벗어던지고 '아메리카 퍼스
트'(America First)를 노골적으로 외치는 대통령이 활약하고
있는 나라에서 미국인들 스스로 <카사블랑카>의 험프리 보가
트에게 이런 정서적 투사가 일어나기는 쉽지 않을 거라고 생각
한다.

6. 기억으로 지은 집

우리가 사는 현재의 순간순간은 빠르게 과거로 흘러 들어가고,
미래에서 현재를 거쳐 과거로 가는 시간은 우리 안에서 갈수록
축적된다. 시간은 때로 현기증이 날 정도로 빠르게, 때로는 느
린 강물처럼 천천히 흘러가기도 하지만, 과거로 흘러 들어간 시
간이 우리에게서 아예 없어지는 것이 아니다. 기억으로 존재하
기 때문이다. 우리는 모두 기억으로 지은 집에서 산다. 이런 의

미에서 우리를 이루는 것은 우리 자신의 몸만이 아니다. 우리의 몸뿐만 아니라 우리가 의식적으로 떠올리는 기억, 우리 자신도 모르게 불현듯 무의지적(無意志的)으로 떠오르는 기억, 우리 몸 안에 들어 있는 기억 모두가 모여서 우리 자신을 이룬다. 따라서 한 사람의 정체성에 대해 말할 때면, 우리 자신뿐만 아니라 우리가 지은 기억의 집까지 함께 논해야 한다. 시간 속에서 우리는 물론 계속 변해가지만, 이 정체성의 변화는 무엇보다 우리의 현재가 소환하는 기억의 내용과 성격이 달라지는 것으로 나타난다고도 할 수 있다. 이런 의미에서 기억으로 지은 집은 정지해 있지 않고 지속적으로 변해간다. 우리는 죽음에 이를 때까지 끊임없이 기억을 소환하며, 나이가 들어간다는 것은 외관뿐만 아니라 현재의 순간에 소환하는 기억이 달라진다는 것을 의미한다. 이때 내밀한 기억에 대한 진지한 글쓰기는 자신이 지금 거주하고 있는 기억의 집을 붙잡아서 고정시키는 행위다.

이런 의미에서 『카사블랑카』가 오제 자신에게도 상당히 특별한 저작이라는 사실을 말해두어야겠다. 그가 이 책에서 소환하는 어린 시절의 기억들은 이미 오제의 다른 책들에도 산발적으로 들어 있다. 예를 들어 『지하철의 인류학자』(1986)는 모베르 광장의 지하철역 입구에서 오제가 난생처음으로 회색 군복을 입은 독일군을 본 기억으로 시작하며,[14] 『영지와 성(城)』

---

14 Marc Augé, *Un ethnologue dans le métro*, Paris: Hachette, 1986, p. 7.

(1989)에서는 어머니와 함께 상파녜와 피레네, 루아르 지역을 떠돌면서 독일군을 피해 피난 갔던 기억이 소환된다.[15] 오제는 여기저기서 파편적으로 제시되었던 기억을 『카사블랑카』에서 전경으로 끌어올려서 기억 하나하나의 정확한 좌표를 설정하려고 노력한다. 오제의 다른 저작에 나타났던 픽션적 민족지(ethno-fiction)의 방식은 여기서 완전히 사라지며, 그는 자신의 사적 기억의 이미지에 정확한 지명과 시기를 부여하는 작업에 진지하게 몰두한다.

여기서 흥미로운 것은 픽션화 작업이 완전히 사라졌지만, 『카사블랑카』가 지극히 문학적이라는 점이다. 따라서 탁월한 인류학자의 저작에서 나타나는 '문학성'에 대해서는 잠시나마 성찰할 필요가 있다. 이상길은 오제 인류학의 '문학적 전환'에 대해 이렇게 지적했다. "『비장소』를 비롯한 이후의 책들에서도 그는 1인칭의 서술은 물론, 이론을 바탕으로 꾸며낸 인물들, 가상의 대화와 에피소드 등을 적극적으로 활용한다. 이러한 문학적 경향은 지속적으로 이어졌는데, 그 결과, '픽션적 민족지'[…]를 표방한 『꿈들의 전쟁』이라든지 『어떤 노숙자의 일기』(2011), 자전적 에세이인 『카사블랑카』 같은 저작을 낳기도 했고, 『아르튀르의 어머니』(2005), 『낮과 밤의 꿈』(2016) 같은 본격적

---

15 Marc Augé, *Domaines et châteaux*, Paris: Seuil, 1989, pp. 98~99.

인 창작 소설들을 낳기도 했다."**16** 그런데 여기서 픽션과 1인칭 서술을 구분할 필요가 있다. 『카사블랑카』는 1인칭 서술의 방식을 택하고 있지만, 픽션화 경향과는 관련이 없기 때문이다.

　실제로 이 짧은 책 『카사블랑카』에는 문학적인 감동을 주는 대목이 적지 않다. 그런데, 어빙 고프먼(Erving Goffman)의 사회학 서적들도 그렇지만, 탁월한 학자들의 저작이 문학적일 때, 이 '문학성'은 단순한 수사에 그치지 않는다. 여기서 문학성은 하고자 하는 말의 효율적인 전달뿐만 아니라, 이보다 더 중요하게는 그렇게밖에 표현할 수 없는 어떤 진실의 전달에 쓰인다. 이런 점에서 나는 오히려 '문학적으로밖에' 표현할 수 없는 진실이 있다고 생각한다. 이것을, 어떤 진실의 내용이 자신에게 적합한 형식을 찾는 과정으로도 이해할 수 있다. 그리고 이는 '어떻게 쓰는가'의 문제뿐만 아니라 '왜 쓰는가'의 문제와도 관련된다. 『카사블랑카』에서 오제는 어머니와 함께 자신의 유년시절의 기억들을 하나하나 맞춰간다. 그런데, 어머니는 대화 중에 계속해서 주제에서 일탈해서 당신 자신만의 기억, 즉 오제가 태어나기도 전의 상황들로 빠져 들어간다. 이런 상황이 반복되면서 오제가 깨달은 것은 다음의 사실이다. 즉 나이가 많이 들어가면서 어머니는 같은 경험을 공유한 주변 사람들을 하

16 이상길, 「따로 또 같이, 비장소에서 살아가기」, 마르크 오제, 『비장소: 초근대성의 인류학 입문』, 이상길·이윤영 옮김, 아카넷, 2017, p. 198.

나씩 상실했다는 것, 따라서 자신이 겪은 일에 대해 더 이상 어떤 증인도 남지 않았다는 사실 때문에 고통 받았다는 것이다. 이 고통에 대해 성찰하면서 오제는 '기억의 고독'이라는 테제를 제시한다. 그것은 "최악의 고독은 [나만 기억한다는] 기억의 고독"(50쪽)이다. 『비장소』(1992)에서 오제가 몰두한 '고독의 인류학'이 여기서는 기억의 고독으로 전이된다. 그리고 바로 이 기억의 고독이 일흔두 살의 오제가 유년시절의 기억을 진지하게 기술한 이유이기도 할 것이다.

카사블랑카

처음 펴낸날 2019년 9월 20일

지은이	마르크 오제
옮긴이	이윤영
펴낸이	주일우
편집	김소원, 윤병무
디자인	권소연
펴낸곳	이음
등록번호	제2005-000137호
등록일자	2005년 6월 27일
주소	서울시 마포구 월드컵북로 1길 52
전화	02-3141-6126
팩스	02-6455-4207
전자우편	editor@eumbooks.com
홈페이지	www.eumbooks.com

ISBN 978-89-93166-95-8 03860

값 12,000원

이 도서의 국립중앙도서관 출판예정도서목록(CIP)은 서지정보유통지원 시스템 홈페이지(http://seoji.nl.go.kr)와 국가자료공동목록시스템(http://www.nl.go.kr/kolisnet)에서 이용하실 수 있습니다. (CIP제어번호: CIP2019034573)